IRストロボ・フラッシュ
ヘルメット・ライト
ヘッドセット
止血帯（ターニケット）
H&K416AS
アサルト・ライフル
ドラゴンスキン・ボディ・アーマー
デュアルPTTスイッチ
ケミカル・ライト
タクティカル・ライト・ホ
レーザー・レンジ・ファインダー
デジタル無線機
H&K MP7A1PDW
オーガナイザー・ポー
ユーティリティー・ポーチ
タブレット型情報
ファスト・マグ（H&K416）
M224 60mm 迫撃砲
迫撃砲弾ケースバ
H&K P46UCPピストル
ファスト・マグ（MP7）
身長：173cm

■サイレント・コア 小田桐将 三等陸曹の装備

東シナ海開戦6

イージスの盾

大石英司

Eiji Oishi

C★NOVELS

口絵・挿画　安田忠幸

目次

登場人物紹介

日本

〈特殊部隊サイレント・コア〉

土門《どもん》康平《こうへい》　陸将補。水陸機動団長。出世したが、元上司と同僚の行動に振り回されている。

〔原田小隊〕

原田《はらだ》拓海《たくみ》　一尉。陸海空三部隊を渡り歩き、土門に一本釣りされ入隊した。今回、記憶が無いまま結婚していた。

畑《はたけ》友之《ともゆき》　曹長。分隊長。冬戦教からの復帰組。コードネーム：ファーム。

高山《たかやま》健《けん》　一曹。分隊長。西方普連からの復帰組。コードネーム：ヘルスケア。

大城《おおしろ》雅彦《まさひこ》　一曹。土門の片腕としての活躍。コードネーム：キャッスル。

待田《まちだ》晴郎《はるお》　一曹。地図読みのプロ。コードネーム：ガル。

田口《たぐち》芯太《しんた》　二曹。部隊随一の狙撃手。コードネーム：リザード。

比嘉《ひが》博実《ひろみ》　三曹。ドンパチ好きのオキナワン。田口の「相方」を自称。コードネーム：ヤンバル。

吾妻《あづま》大樹《だいき》　三曹。山登りが人生だという。コードネーム：アイガー。

〔姜小隊〕

姜《かん》彩夏《あやか》　三佐。元は韓国陸軍参謀本部作戦二課に所属。司馬に目をかけられ、日本人と結婚したことで部隊にひっぱられた。

漆原《うるしばら》武富《たけとみ》　曹長。司馬小隊ナンバー２。コードネーム：バレル。

福留《ふくとめ》弾《だん》　一曹。分隊長。鹿児島県出身で、部隊のまとめ役。コードネーム：チェスト。

井伊《いい》翔《かける》　一曹。高専出身で部隊のシステム屋。コードネーム：リベット。

水野《みずの》智雄《ともお》　一曹。元体育学校出身のオリンピック強化選手。コードネーム：フィッシュ。

西川《にしかわ》新介《しんすけ》　二曹。種子島出身で、もとは西方普連所属。コードネーム：トッピー。

御堂《みどう》走馬《そうま》　二曹。元マラソン・ランナー。コードネーム：シューズ。

姉小路《あねこうじ》実篤《さねあつ》　二曹。父親はロシア関係のビジネス界の大物。コードネーム：ボーンズ。

川西《かわにし》雅文《まさふみ》　三曹。元Ｊリーガー。コードネーム：キック。

由良《ゆら》慎司《しんじ》　三曹。西部普連から引き抜かれた狙撃兵。コードネーム：ニードル。

小田桐《おだぎり》将《しょう》　三曹。タガログ語を話せる。コードネーム：ベビーフェイス。

阿比留《あびる》憲《あきら》　三曹。対馬出身。西方普連から修業にきた。コードネーム：ダック。

赤羽《あかばね》拓真《たくま》　三曹。フィールドでのゲテモノ食いに長ける。コードネーム：シェフ。

〔訓練小隊〕

甘利《あまり》宏《ひろし》　一曹。元は海自のメディック。生徒隊時代の原田の同期。訓練小隊を率いる。コードネーム：フアラライ。

〔民間軍事会社〕

音無《おとなし》誠次《せいじ》　土門の元上司。自衛隊退役者からなる民間軍事会社《PMSC》の顧問。〝ヘブン・オン・アース〟内に滞在していた。

西銘《にしな》悠紀夫《ゆきお》　元二佐。〝魚釣島警備計画甲２〟の指揮をとる。台湾軍のパイロット救出作戦中に解放軍と交戦し、死亡。

赤石《あかいし》富彦《とみひこ》　元三佐。

木暮《こぐれ》龍慈《りゅうじ》　元一曹。狙撃手。二〇年前に引退し、北海道でマタギとして暮らしていた。

〔水陸機動団〕

司馬《しば》光《ひかる》　一佐。水陸機動団教官。引き取って育てた娘に店をもたせるため、台湾にいたが……。

〈航空自衛隊〉

丸山《まるやま》琢己《たくみ》　空将。航空総隊司令官。

永瀬《ながせ》豊《ゆたか》　二佐。原田が所沢の防衛医大付属病院で世話になった医師。防衛医大卒で陸上自衛隊のレンジャー・バッジを持っている変わり者。

三宅《みやけ》隆敏《たかとし》　三佐。予備自衛官。五藤彬の恩師。

（総隊司令部）

羽布峯光《はぶみねみつ》　一佐。総隊司令部運用課別班班長。

喜多川《きたがわ》・キャサリン・瑛子《えいこ》　二佐。情報将校。横田出身で、父親はイラクで戦死したアメリカの空軍将校。

新庄藍《しんじょうあい》　一尉。父親は防府の鬼教官だった。ＴＡＣネーム：ウィッチ。

（警戒航空団）

戸河啓子《とがわけいこ》　二佐。飛行警戒管制群副司令。ウイングマークをもつ。

（第六〇二飛行隊）

内村泰治《うちむらたいじ》　三佐。第六〇二飛行隊副隊長。イーグル・ドライバー上がり。

〈海上自衛隊〉

佐伯昌明《さえきまさあき》　元海上幕僚長。太平洋相互協力信頼醸成措置会議《CICPO》の、日本側代表団を率いていたが、バイオ・テロによる感染症で死亡。

河畑由孝《かわはたゆたか》　海将補。第一航空群司令。

下園茂喜《しもぞのしげき》　一佐。首席幕僚。

伊勢崎将《いせざきたもつ》　一佐。第一航空隊司令。

（第一護衛隊群）

國島俊治《くにしましゅんじ》　海将補。第一護衛隊群司令。

梅原徳宏《うめはらとくひろ》　一佐。首席幕僚。

（航空集団）

樋上幸太《ひのうえこうた》　二佐。Ｐ－１乗り。前職は鹿屋の第一航空隊幕僚。航空隊総司令部のエイビス・ルームに参加。

〈外務省〉

九条寛《くじょうひろし》　外務省・総合外交政策局・安全保障政策課係長。〝ヘブン・オン・アース〟日本側の事務方トップ。

〈防衛省〉

〔陸幕防衛部〕

竹義則《たけよしのり》　二佐。航空隊総司令部のエイビス・ルームに参加。

〔海幕防衛部〕

福原邦彦《ふくはらくにひこ》　二佐。海幕防衛部装備体系課付き。前職は護衛艦の艦長。航空隊総司令部のエイビス・ルームに参加。

〔豪華客船〝ヘブン・オン・アース〟〕

ガリーナ・カサロヴァ　〝ヘブン・オン・アース〟の船医。五ヶ国語を喋るブルガリア人女性。

五藤彬《ごとうあきら》　〝ヘブン・オン・アース〟の船医。感染症学が専門の研究者。

是枝飛雄馬《これえだひゅうま》　プロオケを目指していた青年。プロオケの先輩から誘われ、〝ヘブン・オン・アース〟に乗り込んだ。

浪川恵美子《なみかわえみこ》　是枝が思いを寄せるビオラ奏者。音楽教師を三年で辞めて、奏者に復帰した。

ナジーブ・ハリーファ　ハリーファ＆ハイガー・カンパニーのＣＥＯ。豪華客船内のバイオ・テロの首謀者。

アメリカ

〈陸軍〉

マーカス・グッドウィン　中佐。グリーンベレーのオブザーバー。

〈海軍〉

クリストファー・バード　元海軍少将。太平洋相互協力信頼醸成措置会議《CICPO》のアメリカ側代表団。佐伯昌明元海上幕僚長のカウンターパート。

〈海兵隊〉

ジョージ・オブライエン　中佐。海兵隊オブザーバー。

（ネイビー・シールズ）

カイル・コートニー　曹長。チーム１のベテラン。

エンリケ・リマ　大尉。部隊の指揮をとる。

中国

（中南海）

潘宏大《パンホンタァ》　中央弁公庁副主任。

（国内安全保衛局）

秦卓凡《チィンチュオファン》　二級警督（警部）。

蘇躍《スゥユエ》　警視。許文龍《シユウェンロン》が原因でウルムチ支局に左遷されたと思っていた。

（科学院武漢病毒研究所）

馬麗夢《マリーモン》　博士。主任研究員。

〈海軍〉

（総参謀部）

任《レン》思《ス》遠《ユアン》　少将。人民解放軍総参謀部作戦部特殊作戦局局長兼特殊戦司令官。四一四突撃隊を立ち上げた。

黄桐《ホアントン》　大佐。局次長。

（〝蛟竜突撃隊〟）

徐孫童《シユイスントン》　中佐。〝蛟竜突撃隊〟を指揮する。

宋勤《ソンチン》　中佐。元少佐の民間人で、北京大学日本研究センターの研究員だった。任思遠海軍少将に請われ復帰した。

（南海艦隊）

東暁寧《トンシィアオニン》　海軍大将（上将）。南海艦隊司令官。

賀一智《ホヲイーチィ》　海軍少将。艦隊参謀長

万通《ワントン》　大佐。艦隊対潜参謀。

（東海艦隊）

唐東明《タンドンミン》　大将（上将）。東海艦隊司令官。

馬《マ》慶林《チンリン》　大佐。東海艦隊参謀。アメリカのマサチューセッツ工科大学《M I T》でオペレーションズ・リサーチを研究し、博士号を取った。その後、海軍から佐官待遇でのオファがあり、軍に入る。唐東明の秘蔵っ子。

（ＫＪ－600（空警－600））

浩菲《ハオフェイ》　中佐。空警－600のシステムを開発。電子工学の博士号を持つエンジニア。

葉凡《イエファン》　少佐。空警－600機長。搭乗員六人のうちの唯一の男性。

秦怡《チィンイー》　大尉。副操縦士。上海の名門工科大学、同済大学の浩菲の後輩。電子工学の修士号をもつ。

高学兵《カオシュエビン》　中尉。機付き長。浩が関わるずっと前から機体開発に関わっていたベテランエンジニア。

（Ｙ－９Ｘ哨戒機）

鍾桂蘭《チォンクイラン》　少佐。ＡＥＳＡレーダーの専門家で、哨戒機へのＡＥＳＡレーダーの搭載を目指す女性。

（第164海軍陸戦兵旅団）

姚彦《ヤオイェン》　少将。第164海軍陸戦兵旅団を率いる。

万仰東《ワンヤントン》　大佐。旅団参謀長。

雷炎《レイイェン》　大佐。旅団作戦参謀。中佐、兵站指揮官だったが、姚彦が大佐に任命して作戦参謀とした。兵士としては無能だが、作戦を立てさせると有能。

戴一智《タイイーチィ》　中佐。旅団情報参謀。情報担当士官だったが、上官が重体になり旅団情報参謀に任命された。

張高遠《ツァンガオユエン》　博士。人民解放軍の極秘研究機関〝S機関〟所属。〝宅男《オタク》〟の風貌だが、数理データ・サイエンスの若き天才で、ある任務を命じられ寧波海軍飛行場に派遣された。

（台湾）

頼筱喬《ライシャオチャオ》　サクラ連隊を率いて戦死した頼龍雲《ロンユン》陸軍中将の一人娘。台北で新規オープンした飲茶屋の店主。司馬光が〝チャオ〟と呼び、店の開店を支援している。

王志豪《ワンチーハオ》　退役海軍中将。海兵隊の元司令官で、未だに強い影響力をもつ。王文雄の遠縁。

王文雄《ワンウェンション》　司馬の知り合いで、司馬は〝フミオ〟と呼ぶ。京都大学法学部、大学院に進み、国民党の党職員になった。今は、台日親善協会の幹部候補生兼党の対外宣伝部次長。

〈陸軍〉

（陸軍第601航空旅団）

傅祥任《フーシャンジェン》　少将。旅団長。

馮陳旦《フォンチェンダアン》　中佐。作戦参謀。

（〝龍城部隊〟）

平龍義《ピンロンイ》　少佐。第1中隊長。

藍志玲《ランチーリン》　大尉。女性のグラビア・アイドル。第1中隊ナンバー3の乗り手。コールサイン：マリリン。

黄益全《ファンイーチェン》　少尉。藍志玲大尉の前席射撃手《ガナー》。既婚者のベテラン。

（フロッグマン部隊）

何一中《ホーイージュン》　大尉。フロッグマン部隊を指揮する。

〈海軍〉

李志強《リーヂーチャン》　大将。

蔡尊《ツァイズン》　中佐。

（〝海龍〟）

顔昇豪《イェンシェンハオ》　大佐。〝海龍〟艦長。

朱蕙《チュフイ》　中佐。〝海龍〟副長。以前は司令部勤務で燻っていたが、切れ者の女性。

（台湾軍海兵隊）

（両棲偵捜大隊《フロッグマン》）

岳威倫《ユエウェイルン》　中士（軍曹）。狙撃兵。コードネーム：ドラード。パイロット救出作戦中に解放軍と交戦し、死亡。

呂東華《ルードンファ》　上等兵。狙撃兵。

〔第99旅団〕

陳智偉《チェンヂーウエイ》　大佐。台湾軍海兵隊第99旅団の一個大隊を指揮する。

黄俊男《ホァンジュンナン》　中佐。作戦参謀。大隊副隊長でもある。

呉金福《ウージンフー》　少佐。情報参謀。

楊志明《ヤンヂーミン》　二等兵。美大を休学して軍に入った。

〈空軍〉

李彦《リーイェン》　少将。第5戦術戦闘航空団を指揮する。

劉建宏《リウジェンホン》　中佐。第17飛行中隊を率いる。

シンガポール

〈インターポール・反テロ調整室《RTCN》〉

許文龍《シユウェンロン》　警視正。RTCN代表統括官。

メアリー・キスリング　RTCNの次長。FBIから派遣された黒人女性。

柴田幸男《しばたゆきお》　警視正。警察庁から派遣されている。

朴机浩《パクポムホ》　警視。韓国警察から派遣されている。

イギリス

〈英国対外秘密情報部（MI6）〉

マリア・ジョンソン　MI6極東統括官。大君主《オーバーロード》。

東シナ海開戦6　イージスの盾

プロローグ

中華民国・国防部長（国防相）の谷進強《クージンチアン》は、とらえどころのない男として知られていた。前任の国家安全局長時代は、黒子《くろご》に徹してメディアの前に出ることはほとんど無かった。

父親も政治家。本人は軍隊時代のエリート生活を中佐で捨て、地方政治に身を転じて、こつこつとキャリアを重ねてきた。

お世辞にも、ハンサムではない。いつも不機嫌そうな表情をしている。人前で笑うことはほとんどなく、〝氷の男《アイスマン》〟や、〝岩の男《ザ・ロック》〟と陰口をたたかれている。本人は、アイスマンよりザ・ロックと呼ばれることを好んだ。

中央政界に身を転じてから、この十年、総統の椅子を狙っていると囁かれてきたが、本人は否定も肯定もしなかった。

軍隊時代の経歴には謎が多い。二度、米国留学を経験したらしく、その間に、アメリカでの人脈を築いたと噂されるが、本人は、海兵隊にいたという以上のことを喋ったことはない。取材に動いたジャーナリストは、海兵隊時代の同期を片っ端から当たってみたが、口を開いてくれた人間は一人もいなかった。そのことから、情報畑の人間であったことは明らかだろうと推察された。

記者発表はだいたい部下任せ。部隊の視察に出ても原稿を棒読みするばかりで、兵士の輪の中に入り、肩を組んで笑顔を振りまくようなタイプでは無かった。

だから、その日の朝、つまり、解放軍が東沙島を襲撃して奇襲上陸してから八日目の早朝、基隆海軍基地で記者会見に挑んだ時、記者連中は、まずその唐突さに驚いたし、ぼさぼさの髪で、疲れ切った表情にも驚かされた。そして、珍しく、その手元に原稿はなかった。

詰めかけた記者たちは、彼の肉声の穏やかさに驚き、滅多に感情を表に出さないこの人物が、徐々に感情に押し流され、苦悩し、時に嗚咽《おえつ》するかのように言葉に詰まる姿に驚いた。その、あまりにも人間らしい振る舞いに皆が心を突き動かされたのだ。

彼はまず、陸軍の人寄せパンダとして国民に知られているグラビア・アイドルに関して話し始めた。それに先立ち、軍は、二枚の写真を公表していた。

一枚は、担架の側に寄り添い、オスプレイの後部ハッチから乗り込もうとする一人の兵士、二枚目は、基隆基地に降り立った後、出迎えた谷進強に敬礼する姿の写真だった。

一枚目は、正直誰か全くわからなかった。顔は迷彩ドーランを塗り、飛行服を着ていること以外、身元がわかるようなものはない。ただ、全体的なシルエットから、なんとなく女性だろうと見分けられる程度だ。だが二枚目は、そのドーランを落とした素顔で、それは陸軍のマスコットとして知られている藍志玲《ランチーリン》大尉だった。

谷進強は、思い詰めたような表情で語り始めた。その視線は宙を泳ぎ、心ここにあらずだった。

――陸軍のアイドル、藍志玲大尉に関し

て、国民の間にある誤解を解く日が来た。彼女のことを、あれはただのグラビア・アイドルで、大尉の階級は偽《いつわ》りだし、戦闘ヘリコプターのパイロットだというのも作られた虚像に過ぎない、あの軍服を着たアイドルは、ネジ一本回せないという噂話が世間に出回っている。軍として、それを積極的に否定したことはない。彼女の安全のために、その手の邪推や噂は放置されてきた。

　事実として、ここに明らかにするが、彼女は疑いよう無く立派な陸軍大尉であり、AH－64E〝アパッチ・ガーディアン〟戦闘ヘリコプターの優秀なパイロットだ。その技量は、同期の中でもぬきんでている。だからこそ、この作戦が持ち上がった時、彼女は当然のごとく志願し、部隊は、その優秀さのみで選抜し、彼女に、極めて困難な任務を命じることとなった。

　我が軍、陸軍と海兵隊は、とある無人島で、友邦国の部隊とともに、防衛任務に当たっていた。そこへ上陸して来た敵は、こちらの数倍あり、味方歩兵だけでは、半日と持ち堪えることはできなかっただろう。

　われわれはそこに二機のガーディアン戦闘ヘリを派遣した。彼女らは、補給を繰り返しつつ、味方を支援し、幾度となく味方部隊の窮地を救った。しかし、島に持ち込めた武器弾薬は僅かで、昨夜、残った最後の武装で敵の背後を衝くべく出撃した。敵は攻勢を仕掛け、味方は押されていた。敵の退路を断ち、その攻撃の意図を挫《くじ》くべく出撃したガーディアン・ヘリだったが、攻撃直後、地上からのミサイル攻撃を食らい、藍《ラン》大尉が乗った戦闘ヘリは、敵の制圧エリア内に不時着を余儀なくされた。

わが歩兵部隊は、圧倒的な数的劣勢下にあったが、友邦国の部隊とともに、直ちに行動を起こし、敵の前線に斬り込み、突破し、二人のパイロットの救出を急いだ。だが、前席射撃手の黄益全《ファンイーチエン》少尉は負傷し、二人は、迅速な移動ができなかった。

この時、幸運にも、二名の海兵隊狙撃手が、敵の制圧圏内において密かに作戦行動中であった。それまでもこの二名は、幾度となく味方を救っていた。二人は直ちにパイロットとの接触を急いだ……。

だが、敵はすぐそばまで迫り、彼女らは包囲されつつあり、脱出路は限られた……。

（しばしの重い沈黙を経て――）

……他に、術《すべ》は無かったのだ!……。狙撃手であり、上官でもあった岳威倫《ユエウェイルン》中士は、その時、自分が置かれた状況を的確に理解していたはずだ……。彼は、まだ若い訓練中の部下を連れていた。負傷した黄益全少尉に肩を貸す部下の背嚢に、彼は「妻に渡してくれ」と形見の品を突っ込むと、部下の背中を押し、自らは囮《おとり》として、敵陣の中へと向かって行った。

彼は、自分の運命も、使命も理解していたことと思う。恐らく、海兵隊下士官なら、誰でも全員がそうしただろう行動に出たのだ。最初は狙撃銃で敵を牽制《けんせい》し、続いて手榴弾を投げて敵を圧迫し、最後は、突撃銃を撃ちまくって殺到する敵兵士を引き付けた……。

先ほど、総統府から未亡人にお見舞いの言葉が伝えられた。二階級特進した岳少尉には、去年、二人目の子供が生まれたばかりだった。

　私は、一人の元海兵隊員として、岳少尉の戦死に弔意を表する。二人のパイロットを救出するために、他にも、海兵隊員二名と、友邦国の兵士三名が犠牲になった。この中には、部隊を率いた士官も含まれている。

　二人のパイロットは、こうして無事に脱出し、黄少尉はすでに治療を受けている。命に別状は無い。藍大尉は、健康診断と治療を受けた後、私と面会した。あちこちに酷い擦り傷と打撲はあるものの至って意気軒昂であり、速やかに戦場に復帰する許可を求めている。

　岳少尉の亡骸は、すでに味方部隊によって収容された。われわれはまだ、その無人島に踏みとどまっている。

　この戦争は過酷で、楽観できる要素など何処にもない。敵はあまりにも圧倒的な戦力を持ち、われわれは孤立している。われわれとともに戦ってくれる味方は僅かだ。だが、兵士諸君！　そして国民の皆さん。われわれは意志の力で、敵の野望を打ち砕くことが出来る。

　今日、戦場に散った兵士のために、どうか、しばし祈りを捧げて欲しい。彼らの魂に安らぎがもたらされ、その遺族に安寧の日々が訪れることを――。


　記者は、皆俯《うつむ》きがちで、しばらく誰も言葉を発しなかった。すすり泣きする女性記者もいた。やがて、誰かが「その形見の品とは？」と小声で聞いた。

「ああ……、それは、遺族のプライバシーだと思う。いや、そうだな……。スケッチブックだった。小さなスケッチブックで、狙撃兵は、敵を待つ間、地形把握のために周囲を風景描写するから、絵が上手くなる。鉛筆画で、家族の横顔が描いてあった」

谷進強は、無言のまま次の質問を待ったが、皆がその衝撃に耐えているという事実を理解すると、「これが戦争の現実だ……」と呟いて、建物の中に消えて行った。

その数時間後開かれた日本の総理官邸、官房長官の午前の記者会見で、型通りの質問が記者から為された。「無人島とは、魚釣島であり、そこで自衛官が戦死したのか?」と。

官房長官は、涼しい顔で、「魚釣島に自衛官がいるという事実はなく、その事実がない以上、当然ながら、そこで自衛官が戦死したという事実もない。台湾での『無人島』発言が、どこを差すのか当方は関知しない」と述べた。

不思議なことに、その発言に突っ込む記者はいなかった。それが、戦略的忍耐を繰り広げる日本の現実だった。

中国の東沙島奇襲占領に端を発した東シナ海の戦いは、八日目の朝を迎えていた。東沙島に立て籠もっていた台湾軍海兵隊は、自衛隊潜水艦によって無事脱出したが、台湾沖、尖閣諸島周辺では、数度に及ぶ大規模な空中戦が発生していた。中国側は、一〇〇〇機に及ぶ無人化した旧型戦闘機を繰り出して日台両軍を疲弊させた。日台側は、アメリカ空軍の助けも借りてこれを撃退。すると中国は、嘉手納基地と那覇空港へ通常弾頭による弾道弾攻撃を敢行。米側は、報復として解放軍が占領した東沙島にミサイル攻撃を行って警告した。

そして解放軍は満を持して尖閣諸島、魚釣島へと上陸して来た。

　戦略的忍耐をモットーとする日本側は、これを少数の特殊部隊と民間軍事会社で応戦。中国側は、巡航ミサイルによってこれら敵地上部隊の殲滅を目論んだが、日本はイージス護衛艦のミサイル弾庫を空にして応戦、これを全弾、叩き墜した。

　魚釣島では、数度の陸戦を経て、その度に日本側も犠牲を払ってはいたが、戦死者の数では、解放軍側が桁違いに多かった。

　日台中国、それぞれ莫大な戦費と人的犠牲を払いつつ、小さな無人島の帰趨を巡って、戦線は膠着しつつあった。

第一章　ワンサイド・ゲーム

人民解放軍海軍で潜水艦狩りを任務とするY－9X哨戒機、そのコクピット直後左側の戦術航空士席に座る鍾桂蘭《チォンクイラン》海軍少佐は、窓のシャッターを少し上げ、明るさを取り戻した海岸線を見下ろしていた。とにかく、あの状況下でここまで無事に戻って来られたのは奇跡と言って良かった。

コクピットでは、二人の正副パイロットが、しきりに残燃料を計算していた。もとより、この手の大型哨戒機には空中給油機能はない。いったん離陸すれば、一二時間は平気で飛べるのだ。それ以上の時間、空中給油して任務に就いたところで、乗員の体力と集中力が持たないから、基地に引き返すしかない。

機体は、その長い時間を飛び続け、なお残燃料ぎりぎりで帰投しようとしていた。燃料警告灯がピーピー鳴り始める。

エンジン四基の騒音のせいで、機内はそれなりにうるさく、耳栓とインターカムが必須だが、彼女の席までは、その警告音が確実に届いていた。

すでに三〇分前から、外側のエンジンは止まっている。今は内側二発だけで飛んでいた。

副操縦士が無線に齧り付いて、寧波《ニンポー》海軍基地に優先着陸の要請を繰り返していた。こんな時間まで踏みとどまるべきでは無かったが、どうしても

最後まで見届ける必要があった。そして、それが出来るのは、自分が開発した最新鋭のＡＥＳＡレーダーを装備したこの機体だけだという自信があった。何しろ、空軍の早期警戒管制指揮機は、艦隊の遥か後方、ほとんど陸地の上から前に出ようとしないのだ。頼みの艦載型早期警戒機は、イージス艦の収束ビームを喰らい、今地上で大がかりな修理作業に入っていた。

普段より大きな衝撃で機体がズドン！　と着陸する。こんな衝撃は、システムへの衝撃実験以来だった。後方の対潜ステーションで、女性兵士が小さな悲鳴を上げた。

機体は、そのまま誘導路へと進んだが、そこで燃料が尽きた。エンジンが咳き込む前に、パイロットはエンジンを停止させた。正しい判断だった。異常燃焼は、メンテの手間を増やすだけだ。

機内が静けさを取り戻すと、鍾少佐はショルダー・ハーネスを外して立ち上がり、通路へと出た。

「良くやったわよ、みんな！　パイロットもご苦労様です。整備にはしばらく時間が掛かるでしょうから、シャワーでも浴びて、一眠りして下さい」

しばらく誘導路上で待つと、〝猛士〟装甲車と、整備兵を乗せたミニ・バスが向かって来る。乗組員はミニ・バスに、鍾少佐は、データやパソコンを入れたブリーフケースを手に持つと、猛士の後部座席へと乗り込んだ。

奥まった格納庫へ向かうよう命じると、その中で、この戦争の帰趨を決することになるだろう、もう一機の飛行機が整備というか、大修理を受けているところだった。

背中に背負う巨大な円盤のカバーが外されている姿は痛々しかった。

ハンガーの中では、一〇メートル四方はありそうな巨大なテーブルの上に設計図が広げられ、メーカーから呼んだ応援の民間人技術者たちが作業に当たっていた。焼き切れた素子や電子回路を交換する作業だった。

　その艦載型早期警戒機ＫＪ－600（空警－600）のデュアル・バンド・レーダーを開発した浩菲海《ハオフェイ》軍中佐が、まるで女王のように堂々と振るまい、細々と指示を出していた。

「こてんぱんに殺《や》られたんですって？」と浩から先に呼びかけた。

「ええ。先輩のこの機体がいてくれれば、もっと綺麗に、より多くの情報も得られたんですが。でも私の機体だけでも、それなりのことは見えました。たぶん、私の機体以上のデータを収集できた軍艦や軍用機はいないはずです。われわれ、ちょっと危険なくらい敵に接近していましたから」

「どうして？　私の機体が酷い目に遭ったばかりなのに、どうしてそんなに敵に近づいたのよ？」

「それは、単純な理由で、そこに敵はいないと思っていたからです。レーダーに映っているのは、ただの大型巡視船のはずでした。ところが、こちらのミサイルが撃たれた瞬間、イージス・レーダーに火が入って、すぐそばにいるのが、イージス艦で、自分たちは、その艦対空ミサイルの射程圏内を飛んでいることに気付いた。でも、一か八か、敵が撃ってこないことに賭けて、その場に居続けました。今思うと、馬鹿なことをしたと後悔しています。クルーを危険に晒し、燃料不足でここまで辿り着けないところでした」

「聞いてる？　東海艦隊の馬《マ》参謀が話を聞きたいからとここに向かっているわ」

「はい。機上で聞きました。それがなければ燃料補給にもっと手前の飛行場に降りるつもりでしたから。でもわれわれに話を聞いたところで……」

「頼りにされるのは、われわれがそれだけの実力を持っているからよ」

　鍾少佐は、テーブルの上のバスケットに視線をくれた。食い物が山積みされていた。

「美味しそうですね。カレーのナンみたいだけど……」

「どうぞ食べて。ソーセージやベーコンを巻いただけのピザパンよ。熱いコーヒーもあるわよ？」

「いえ。コーヒーは飲み過ぎなので、普通のお茶で結構です。この機体、修理はあとどのくらい掛かりそうですか？」

「そうね。なんとか今夜中には終わらせたいわ」

「そんなに早く！――」

「ええ。一時間でも早く復帰させて、敵の度肝を抜いてやるわ。解放軍には、もしかして二機目のデュアル・バンド・レーダー搭載機がいたのかとびっくりさせてやる」

　鍾少佐はテーブルの下にブリーフケースを置くと、パイプ椅子に座ってそのピザパンを食べ始めた。浩が、電気ポットから熱いお茶を紙コップに注いでくれた。

「見ます？」

「いえ。貴方の方が専門でしょう？」

「まさか。私はただAESAレーダーの専門であって、それも見つけるのは艦船や潜望鏡です。飛び道具を見つけるのは先輩のご専門でしょう」

「馬大佐がいらした時のために、驚きは取っておくわ」

「でも、メーカーのエンジニアが多いですね」

「ここだけの話よ。実は、あちこちの基地や駐屯地で、中東呼吸器症候群《MERS》のクラスターが発生しているらしいのよ。それで、まず人の移動を最小にして、蔓延を防いでいる」

「まさか？　だって、テロリストの上陸は阻止出来たんでしょう？　その感染拡大も、上海周辺に限定されているんじゃなかったんですか？」

「ここ寧波は上海のすぐ南だし、噂だけど、どうやったのか、テロリストは軍の周辺に集中的にウイルスをばらまくことに成功したらしいのよ。何しろ、最高司令部の八一大楼《パァイーダァロウ》が、それでロックダウンされたらしいから。もっとも、その前に軍首脳部は、あらかた秘密の地下軍事司令部に退避していたはずだけど。この基地の中でも、行動出来るエリアと、接触して良い人間を峻別するよう命令が出ているわ。この戦時下でそんなことを守れるとは思えないけれど……」

それはそれとして、このピザパンは異様に美味しい……。半日にも及ぶ哨戒時間を少しでも楽しめるよう、機内に持ち込む軽食には皆で意見を出し合うことになっているが、これはぜひ検討する価値がありそうだと鍾は思った。

聴き馴れないヘリコプターのローター音が聞こえて来ると、エプロンに直接降りてきた。海軍のハルビンZ－20J汎用ヘリだった。西側では、ブラックホーク・ヘリのデッドコピー扱いされているが、ローターが一枚多い。他は、まあデザインに関してはコピー商品と言われても仕方無いほどよく似ていた。

東海艦隊参謀の馬慶林《マチンリン》大佐がキャビンから降りて向かって来る。米留組のエリートだった。それもマサチューセッツ工科大で博士号を取って、一度民間企業に就職してから軍に入った変わり者だった。

馬大佐は、うっすらと無精髭を生やしていた。ハンガーに入って来ると、まず基地の兵士がN95マスクを手渡した。大佐はそれを着用すると、腰に両手を宛《あて》がい、足を開いて一瞬、立ち止まった。そしてフー！　と声に出してため息を漏らした。

「やれやれだ。ここは間違い無く地上だな。揺れていない！」

東シナ海はしばらく時化《しけ》模様だったのだ。馬大佐は、まず早期警戒機の修理状況を質した。明日には飛べると聞いて彼も驚いていた。

「誰か私に熱いコーヒーをくれ。駆逐艦のコーヒーに飽きた。いや不味くはないけどね。鍾少佐、例の巡視船が、実はイージス艦だとわかった瞬間、心臓が止まるかと思ったよ。絶対、君の哨戒機は撃墜されると覚悟した」

「自分もです。でも日本には、人が乗った哨戒機を撃墜する意図は無かったということでしょう。彼らはただ、飽和攻撃を仕掛けて来るミサイルを叩き墜したかっただけです」

「あれが巡視船ではないといつ気付いたね？」

「速度を上げた時です。日本の巡視船では出せないはずの速度で前に出て来ましたから」

鍾少佐は、自分のパソコンを、テーブル上の27インチのモニターに繋いだ。

「ところで、君らはマスクしなくて良いの？」

「自分らは、基地の食堂に顔を出す暇もありませんし、応援はメーカーからなので」

「聞いた所では、全国の軍の売店の売り子を偽のツアーで釣って上海に連れて来て感染させたそうじゃないか。テロリストにしては頭が切れる連中のようだ。われわれは艦艇にうつさないよう全力を尽くすしか無いが。これ、どのくらいの長さ？」

「ほんの一〇分です。飽和攻撃自体、それ以下の時間での着弾を予定してましたから」

「島に着弾したのは何発？」

鍾少佐は怪訝そうな顔で「聞いてらっしゃらないのですか？」と大佐に問うた。

「わが艦隊は、何しろ沿岸部に引きこもっていたのでね、島の上空を飛ぶ無人機すら見えやしないよ」

「着弾はありませんでした」

「一発くらい島に命中しただろう？　いや二、三発とかさ」

大佐は、そんなことはあり得ないという顔で笑いながら口を挟んだ。

「いいえ。一発も命中していない事実を、私が開発したAESAレーダーが余すところなく見守っていました」

そのレーダー情報を再生すると、最初はぽつぽつと画面の左端から味方が撃った巡航ミサイルが出現し始めた。そして、釣魚島《ディアオユーダオ》の南海域に潜んでいた巡視船が、徐々に速度を上げ始めて前進してくる。二五ノットに達した所で、突然イージス・レーダーに火が入り、敵艦として認識される。垂直発射基から次々とミサイルが発射され、それらはいったん上空へと上がり始めた。

「最初に迎撃したのは、イージス艦のスタンダードSM2ミサイルです。それを撃ち尽くすと、今度は、ESSM。これは射程は短いですが、恐らくブロックⅡです。アクティブ・ホーミングなので、終末誘導の必要が無い。更にF－35Aのアムラーム・ミサイル」

スクリーンには、異様な光景が映っていた。双方、四〇〇にも及ぶターゲットが出現している。レーダー上では、それぞれ識別ナンバーが振られていたが、その文字情報に隠されて、肝心のターゲット情報が見えないほどだった。

「まるで、二つの銀河が接触して消滅するみたいだが、これ、変だろう？　イージス艦は、一斉に対空ミサイルを打ち上げている。いったいどうやって誘導するんだ？　誘導用のイルミネーターの数はたったの三基。誘導できるのは、ほんの十数発のはずだ」

「お言葉ですが、大佐。本物のイージス・システ

ムは、イルミネーターの数に依存しません。搭載している
ミサイルを同時に発射して、その全てを同時に誘導するだけの能力を持ちます」

「凄いな……。これワン・バイ・ワンで迎撃しているのか？　二発ひと組じゃなく」

「相手がミサイルならそれで良いでしょう。何しろ回避行動は取らない目標ですからね」

　と横から浩中佐が解説した。

「でも変じゃないか……。この釣魚島の東奥から撃っている艦だが、これもイージス艦だろう？」

「はい。南側にいるのが〝まや〟で、島の東側にいるのが〝はぐろ〟です。いずれも日本のイージス艦の中では最新鋭艦になります」

「だが、この位置からだと、標高三〇〇メートルを越える釣魚島が邪魔になって、海面すれすれを飛んで来るシースキマー・ミサイルは見えないだろう？」

「良いポイントですね、大佐。このモニターの、下をご覧下さい。少し速度が遅いターボプロップ機が、徐々に後退して行きます。これが、日本のE－2D〝アドバンスド・ホークアイ〟早期警戒機です」

「ああ、うちがコピーしたこれね？」

　と大佐は、背後の空警機を見遣った。浩中佐が、

「コピーしたのは機体構造だけですから！」と睨み付けた。

「このE－2Dは、いわゆる共同交戦能力、CECという機能を持っています。データリンクで彼らが見ているものを、後方の味方に送れる」

「じゃあ、この早期警戒機がスタンダード・ミサイルを誘導しているの？」

「いいえ。そうではなくて、イージス艦は、自分たちの眼で見たものとしてその情報を受け取るだけです。イージス・システムは、ただその情報を

元に会敵ポイントを割り出してミサイルを撃ち、誘導します。それに、Ｆ－35も、海軍統合火器《ＮＩＦ》管制対空《Ｃ－ＣＡ》システムという、似たようなシステムを持っていますから」

　日本側のミサイルが次々と命中し始めるが、後方からは次の対地ミサイルも迫っている。

「イージス艦は何発撃ったんだ？」

「はい。帰還する途中、機上でカウントしました。たとえば〝まや〟ですが、ＥＳＳＭミサイルを四〇発。スタンダードＳＭ２ミサイルを恐らく八〇発前後撃ったはずです。どうやら、対潜ミサイルは降ろして来たようですね。つまり今、この二隻のイージス艦の垂直発射基は空です。こちらの弾道弾迎撃で、ＳＭ３ミサイルも撃ち尽くした後でしょう」

「うちはこれ、出来ないよね？」

「この手のネットワーク戦にまで手が回らないけれど、技術的なハードルはもうクリアされています。中国海軍の運用上、そこまで必要無かったのです」

　と浩中佐が解説した。

「たとえば、大佐が乗り組む中華神盾艦でも、私の早期警戒機のデータを受け取れますよね。その速度は、米軍のリンク11やリンク16と同じです。ただ米軍は今、これらの旧型のリンク・システムを、ニア・リアルタイムと呼んで区別しているんです。リアルタイムではない。秒単位の誤差が生じるので、武器の誘導には使えない。それを真のリアルタイム情報として改善したのがＣＥＣやＮＩＦＣ－ＣＡですから」

「だから、なんでうちはできないの？」

　大佐は、あくまでもやんわりと聞いた。

「ですから、われわれはまだイージス・システムの真似事を始めたばかりです。同時対処能力も知れている。そこに、いきなりこんな複雑なシステムを持ち込んでも使い切れないでしょう。ご心配なく、大佐。この現実を目の当たりにしたからには、その配備はあっという間に進みますよ」

「最後は何なんだ？　イーグル戦闘機なんて旧型の戦闘機まで出て来たのか？」

「ええ。でも面白いですよ」

と鍾少佐が続けた。

「彼ら国産の空対空ミサイルを撃ったのですが、一定の共同交戦能力を持っていた様子で、遥か後方から撃たれた味方のミサイルを、全弾ミサイルを撃ち尽くした戦闘機部隊が誘導した形跡があります。そして最後は、突っ込んで来た〝まや〟が、主砲で調整破片弾の弾幕を張り、撃ち漏らした数発の巡航ミサイルが阻止された。一方、F‐35A戦闘機は、味方の戦闘機部隊に仕掛けるような真似はせず、大型の攻撃機部隊を襲撃して、十数機を叩き墜した。ワンサイド・ゲームでした。サッカーで言えば、一〇点取られて、こちらは一点も入れられなかった試合ですね」

「酷いな……」

「ええ。高い授業料になりましたね。われわれは攻撃機部隊とそのクルーを失い、何しろ一発とて島に届いたミサイルはなかったのですから」

「それで、たとえばの話だが、このミサイルに百発足したら、次は成功すると思うかね？」

馬大佐は、我ながら馬鹿馬鹿しい発想だが、という顔で言った。

「私の発案じゃない。北京で、エアコンが効いた部屋から出たことのない提督連中の発想だ。台湾攻略に、二〇〇〇発以上の対地攻撃ミサイルを用意した。今回消費したのは、そのほんの一〇パーセントに過ぎない。再度、同じことをやって、ついでに百発ばかり上乗せしたところで、まだ七割のミサイルが残る……」

「はあ……」

二人のエンジニアは、気まずい顔で視線を交わした。

「そんな顔をするなよ。現場を預かる中間管理職の苦労も少しは察して欲しいもんだ」

「あの……、失礼ですが、大佐殿は、オペレーションズ・リサーチの研究で、ＭＩＴで博士号をお取りになったんですよね？」

「ああ。論文はもちろん公開されている。今読み返してもそれなりに自信のある論文だ。イージス艦の弾庫が空になったのであれば——」

「後方にまだ最低四隻のイージス艦が控えています。それで、仮にほんの二、三〇発のミサイルが防空網を突破して釣魚島に届いて、敵の一個中隊を潰滅できたからと言って、われわれは何を得られるのですか？」

「お偉いさんは、プライドを回復できる。それに、釣魚島がわれわれのものになる」

「無意味ですよ。われわれは釣魚島の制空権までは奪えない。日本も台湾も、戦闘機を飛ばしてきて、雨あられと爆弾を落とすことでしょう」

「そうだよなぁ。当然、そうなるよね。今は、警察比例の原則に縛られているから、日台ともに過剰な攻撃はしてこない。味方部隊をミサイル攻撃で失ったとなれば、彼らは当然、そういう作戦に出てくることだろうな」

「それで、どうするんですか？」

「艦隊司令官とも話したが、最終的には、北京の連中が頭を冷やすのを待つしか無いだろうと。そうでなくともわれわれは、沿岸部に引きこもって何をやっているんだ？　と尻を叩かれている状況でね。空母を二隻も抱えていて、うっかり敵の目の前になんて出て行けないだろうに……」

「それは覚悟の上のことではないのですか？」

「何千名もの乗組員の命は大事だ。だが、それ以上に、中国海軍の象徴としての空母を失うわけにはいかんだろう。それを守る必要があるから、艦隊ごと引きこもっている。情けないがそういうことだ。東沙島攻略とは事情が違う。これは明らかに計算外だった。ちょっと脅せば、日本は釣魚島を明け渡すだろうという甘い読みが海軍にあったことは事実だ。だが彼らは、戦略的忍耐と言いつつ、東沙島撤退に協力して、われわれのフリゲイトを沈めたし、ぶっちゃけて言えば、われわれが失った兵員の損失の五割は、日本の、自衛隊の攻撃による。台湾は、開戦初頭で、ほぼ非武装の海警艦五隻を沈めただけだ。そして東沙島占領後の米軍によるミサイル攻撃……。われわれは負けてばかりだ。それはそれとして、私がここに来たあと二つの用件だ。まず、鍾少佐。味方艦隊の近くに、日本の潜水艦が接近している可能性がある。稼働中の日本の全潜水艦の行方を捜しているが、その消息を摑めている艦は港に停泊しているものだけだ。それもこの一週間内に全て出払ったよ」

「少なくとも、二、三隻はすでに日中中間線を越えて、大陸棚海域に侵入していると見た方が良いでしょう。私の機体のＬｉＤＡＲなら、発見する確率は上がりますが……」

「期待している。君の機体に、対空監視ではなく、本来の潜水艦探知に戻ってもらうためにも、浩中佐の機体の一刻も早い復帰を希望する。それと、問題の日本のイージス艦だ。釣魚島の攻撃が無意味だとしても、敵に一矢報いる程度のことはしたいし、すべきだと思う。イージス艦を攻撃するために、潜水艦による接近、戦闘機による対艦ミサイル攻撃、空母攻撃用弾道弾の利用……、と三案出ている。君らどう思う？」

　浩中佐が、それは自分の専門ではないという顔で、鍾少佐に譲った。

「抑えとしての潜水艦攻撃はありでしょうが、我が軍の潜水艦の性能と、日本の対潜能力の高さを考えれば、虎の群れの中に兎が飛び込むようなものですよ。空母攻撃用弾道弾は、政治的にアメリカを硬化させる危険がある。前回、それを使った時の報復は、東沙島占領部隊の全滅へと繋がった。戦闘機を一個飛行隊繰り出しての攻撃は、長駆六〇〇キロ飛んでイージス艦をレーダーに捕捉してミサイルを発射するまで、果たして何機が生き残り、また発射したミサイルの何発が届くか……。相手がイージス艦でなくとも、その可能性はゼロです。味方潜水艦が奇跡を起こしてくれることに賭けるか、それとも政治的危険を冒して空母攻撃用弾道弾を使うか」

「たとえば、囮として四個飛行隊繰り出して、敵戦闘機を釣り出している隙に、ステルス戦闘機がこっそり忍び寄って攻撃を仕掛けるというのは？」

「まさか大佐。Ｊ－20がステルス戦闘機だなんて勘違いしてませんよね？　スーパー・クルーズ能力すらない、あんな鈍重な戦闘機で……」

　と浩中佐が呆れ顔で言った。

「なんだか、自分が底抜けの間抜けに思えてくるよ。では君らはどうすべきだと思う？」

「われわれは二人ともエンジニアですよ？　それもレーダーの専門家です。そういうことは、士官学校で一番最初に出世した連中に聞いて下さい」

「そのエリート連中は、東沙島と釣魚島を奪って脅せば、台湾はあっという間に陥落するだろうと嘯《うそぶ》いた連中だぞ」

「あの……、本当にアイディアを求めてます？」

　と鍾少佐が聞き返した。

「止めときなさいよ、大佐が真に受けるから」

と浩中佐が窘めた。

「とんでもない。どんな意見でも聞くよ。私は、新鮮な意見を聞きたいんだ。遠慮はいらんよ。ささ、喋ってくれ」

「あの……、守るべきは、空母なわけですよね？」

「そうだな。それが最優先だ。それに、強襲揚陸艦も守りたい。あれがないと台湾を脅せないからら」

「すると、別に中華神盾艦を多少の危険に晒すことは構わない？」

「構わない。すでにフリゲイトを一隻沈められ、海警艦に至っては、一瞬にして五隻もがひっくり返った。中華神盾艦は、空母を守るための切り札だが、それが危険を冒さなければ何もできないだろう」

「では、中華神盾艦を横一列に並べて、壁を作りつつ戦線を前に押し出してはどうですか？」

「飽和攻撃を食らったら？」

「少なくとも、日本はそんな無駄なことはしないでしょう。台湾はやるかも知れないが、それを防ぐための中華神盾艦でしょう？」

「その中華神盾艦に自分が乗っていると思うとね。そうだな。釣魚島までせめて一〇〇キロ近くまで接近できれば、攻撃部隊にそれなりの援護を与えられる。計算外のことは多々あったが、現場としては、小さくとも戦果を上げる必要がある。日本を下がらせ、台湾を震え上がらせるような戦果が欲しい。日本の潜水艦からは、少佐の機体が守ってくれるよね？」

「最善を尽くします。でもしばらく眠らせてもらって良いですか？　乗組員は疲れ切っているので」

「君らの実験機は、一機しかない貴重な機体だ。

クルー制シフトにすべきだったな。そうすれば、燃料補給に引き返して来るだけで、交替クルーを乗せて一日中任務に就けるのに」

「テストベッドに無茶言わないで下さい。それと、私のアイディアだということは黙ってて下さいね。無謀な作戦が失敗したからと、軍法会議に掛けられるのはご免です」

「心配無い。成功したら、手柄は君たちのもの。失敗したら、その責任者の私はどうせ海の藻屑だ。このデータ、コピーを貰って良いかな？」

　鍾少佐は、そう言われるだろうと思って用意しておいたUSBメモリーを差し出した。

「一応、申し上げておきますが、われわれが哨戒任務に就いたら、大佐が乗った艦が撃沈される前に、私の機体が撃墜されることでしょう。ここで生き残れるのは、浩中佐一人です」

「そうはならないわよ、ねえ大佐。貴方の持っている知識なら、哨戒機を安全に運用できますよね？」

「努力する。最善の努力を払う。空母はともかくとして、その艦載戦闘機にはきっちりと仕事させるつもりだ。そのためにも、浩中佐の機体にも早く現場に戻って欲しい。とにかく、少佐の乗組員はそれなりの休息を取ってくれ。南海艦隊から生きの良い艦船も応援に呼んでいる。君らが洋上に戻ってくる頃には、作戦も固まっていることだろう」

　大佐がハンガーの中から大きく手を回すと、滑走路の反対側でローターを回していたZ－20J汎用ヘリが戻って来る。

　大佐は、マスクを外してゴミ箱に放り込むと、アルコール・スプレーで両手を洗ってからエプロンへと走って行った。

「疫病蔓延を理由に戦争を止めれば、誰も責任を負わなくて済むわよね……」

浩中佐が、その後ろ姿を見遣りながら、ぽつりと言った。

「きっと今頃、誰かがそのアイディアを練っていると思いたいですね。渡りに船とばかりに」

「さ、私は仕事に戻ります。貴方はさっさと寝なさい」

「お手伝いしますよ？　ＡＥＳＡレーダー、先輩ほどではないけれど、一応、私も専門ですから」

「そんな暇があるならＬｉＤＡＲの調整でもすることね。貴方の機体が飛んでいるというだけで、日本の潜水艦は、大陸棚への侵入を断念するかもしれないから。貴方の機体は、ずっと非武装で飛んでいるんでしょう？」

「ええ。重たくなると、それだけ哨戒時間が短くなりますから」

「今度からは、それなりの武装で飛びなさい。いざ敵潜を発見した時に、魚雷や爆雷を装備した味方が近くにいてくれるとは限らないから」

「そうですね。腹をくくるしか無いわね……」

鍾少佐は、旧知のメーカーのエンジニアを見つけて、暇があったら一度自分の機体も見てくれるよう要請した。最高にチューンナップしているつもりだし、哨戒機のレーダーとしては分不相応なほどの性能を持っていたが、第三者による公平な意見も聞きたかった。

愛機は、最小限の給油を終えて目の前のエプロンに移動して来ていた。その機体脇に急遽建てられたテントの中で、三時間だけ睡眠を取った。基地施設に出入りして、基地兵士との接触を最大限に抑制するという目的のため、天幕を張って、中に二段ベッドを持ち込んでいた。仮設トイレまで用意されていたが、これではまるで臨時飛行場に降り立ったみたいだと乗組員が皆ぶつぶつ文句を言った。

海上自衛隊の二隻のイージス艦は、いわゆる那覇軍港に戻って来た。第一護衛隊群司令の國島《くにしま》俊治《しゅんじ》海将補は、イージス護衛艦〝まや〟（一〇二五〇トン）のブリッジ右舷側のウイングに出て、風に当たりながら右手前方を見遣っていた。

護岸の奥は、陸上自衛隊那覇基地だ。弾道弾迎撃用のペトリオット・ミサイルが展開している。偽装ネットの下で、発射基が空を睨んでいた。このペトリのPAC3が、つい昨日、那覇空港を守ったのだ。基地を挟んで南西二キロに那覇空港があり、ここは陸海空の飛行部隊の拠点であり、他に警察や海保の航空基地でもある。今や日本で一番混み合っている空港だった。

だが今は、軍用機しか飛んでいない。今も、イーグル戦闘機の編隊が轟音を立てて離陸して行くのが見えた。

前方へと目を転じると、先に入港した第四護衛隊群のイージス艦〝はぐろ〟が補給を受けている所だった。このまや型の二番艦は、海自が保有するイージス艦で一番新しい艦だった。

護岸には、民間のクレーン車が何台も動いている様子だった。喫水を調整するため、水の出し入れが見て取れる。

両艦とも、ミサイルを撃ち尽くしたせいで、喫水が上がっていた。つまり、異様なまで船体は軽くなっていた。重心位置が高くなり、船体はちょっとの横波や転舵でひっくり返る羽目になる。だからここまで、注水措置でバランスを取って戻って来たのだ。

隣に立つ首席幕僚の梅原徳宏《うめはらとくひろ》一佐が、どんよりと曇る空を見上げていた。

「光学衛星の眼は誤魔化せるだろうが、こんな街中に戻ってきては、情報は一瞬で漏れるだろうな」

と國島が言った。

「一応、警察が死角を潰してあちこち封鎖してくれているそうですが、遠くのマンションのベランダからは、まる見えでしょうね」

「撃ってくると思うか？」

「弾道弾ですか？　自分は無いと思います。嘉手納や那覇空港への攻撃の報復で、東沙島部隊の陸兵は全滅ですからね。那覇軍港への攻撃は、アメリカはまた自軍基地への攻撃と解釈して報復するでしょうから」

「だと良いが、こんな所に三時間も四時間も留まるのは気が進まないな。首筋が冷たくなるよ。それに、肝心のミサイルは何処だ……」

護岸には、ありふれた赤茶けた色の40フィート・コンテナが山積みになっているが、肝心のミサイルは見当たらなかった。

だが、接岸して状況がわかった。前方に接岸した〝はぐろ〟に大型のクレーン車が取り付き、次々とミサイルを垂直発射基に収めていく。ミサイルは、そのありふれた40フィート・コンテナに収められていた。

「考えたな、あんなもんに入れて偽装していたのか……」

「まあ、『危険物！』の貼り紙を貼るか否かですよね。本来の入れ物も似たようなものだ」

待機していた高所作業車が四台、まず起動する。その内の一台が、ウイングの真横まで接近して来た。作業用のヘルメットを被った馴染みの顔が、その籠の中から敬礼を遣《よこ》した。

「機動補給隊を率いる倉田《くらた》啓輔《けいすけ》二佐であります！」

「倉田さん、あんた予備自だったのか？」

「とんでもない！　定年退職ですよ。物流会社に再就職して、毎日、倉庫の中で悪戦苦闘してました。お前が現役時代、しつこく要求した機動補給隊を編成してやるから帰って来いと言われましてね」

「できるの？」

「もちろんです！　シミュレーションは何度もやったし、艤装《ぎそう》中のイージス艦でテストしたこともあります。三時間で全弾搭載してみせます。でも、本当に弾庫は空なんですか？」

「ああ、事実だ。一発も残っていない。それどころか、主砲の調整破片弾まで撃ち尽くした。それもあると有り難いが？」

「抜かりはありません。ＥＳＳＭのブロックⅡに、スタンダード・ミサイルは、お望みのＳＭ６もあります。米軍が気前よく譲ってくれましたよ。請求書は送るが、実戦データを貰えれば文句はないから撃ち尽くせ！　だそうです」

「そりゃ助かる。よろしく頼むよ。私はその間、ちょっとオカに上がって横須賀と二、三調整しなきゃならん」

「ごゆっくり。でも電話する間に終わるかも知れませんよ」

「ぜひそう頼む」

　コンテナから、ＥＳＳＭのクワッド・パックが引っ張り出される。四発をまとめてＶＬＳ発射基の一つのセルに押し込む。そうすることで、限られたセルの有効利用が出来た。

　ここで補給を終えて、尖閣沖に戻るのは夕方近くになる。解放軍がそれまでじっとしてくれることを願うばかりだった。

第二章　神様の方程式

陸上自衛隊・第一空挺団・第四〇三本部管理中隊を率いる土門康平《どもんこうへい》陸将補は、魚釣島西端に設けた指揮所で、台湾のホップ・チャンネルのニュースを見ていた。もともと日本に在住する台湾人や観光客向けのチャンネルで、日本の衛星を使って電波を流している。

ここ魚釣島とは目と鼻の先、台湾・基隆での、中華民国・国防部長の記者会見だった。

酷く疲れた表情だが、感情に訴える会見だった。

「でも、この人が海自の潜水艦を乗っ取るように命じたんですよね？」

と姜彩夏《かんあやか》三佐が言った。第四〇三本部管理中隊、その実、特殊部隊〝サイレント・コア〟の一個小隊を率いる部隊のナンバー2だった。

「まあ、政治家って連中は、表と裏の顔を使い分けるものさ。国民の愛国心を掻き立てる良いメッセージじゃないか。事実として、軍曹の最期は立派だった」

「小隊長として、自分はあんな命令は下せません。囮になって戦死しろとは」

「いや、結局の所、追い込まれれば、われわれはそれを命令せざるを得ない。みんなそれは承知の上のことだ。なあガル？」

と土門は、部隊の古株、ガルこと、待田晴郎《まちだはるお》一曹に呼びかけた。

待田は、指揮所の天幕の中に組み上げたシステムを監督する立場だ。無人偵察機のモニターを見たまま頷いた。

「そうですね。うちはそういう時、犠牲を払うために存在する。心配はいりませんよ。それを士官殿が決断する前に、われわれ下士官が勝手に命令を出しますから。それを士官殿が稟議書を回しながら決断するのが一般部隊。下士官が下士官の責任の範囲内として独断で命ずるのが、特殊部隊です」

「そうなの？　私は見なかったことにして構わないの？」

「当たり前じゃないですか。戦死者が出たからと、指揮官がいちいち責任を取っていたんじゃ、身体がいくつあっても足りない。そういう状況を回避するために、特殊部隊では、下士官に裁量権が広く認められているんですから」

「覚えておくわ。誰かからそういう状況の判断を求められたら、私は分隊長に、『貴方に任せる』と言って構わないということよね？」

姜は、確認するように尋ねた。

「そういうことです。躊躇《ためら》わずにそうして下さい」

「士官に余計な知恵を付けるもんじゃないぞ」

と土門が真顔で窘《たしな》めた。

「解放軍の動きはどうだ？」

「無人機の映像から察すると、アパッチ・ガーディアンの捨て身の攻撃が効いたみたいですね。退路を断たれてしばらくパニックに陥ったみたいですが、今は少し立ち直って、彼らが構築したルートを塞いだ倒木の撤去を始めたみたいです」

「あそこさ、倒木を撤去してルートを再建したとしても、今度は真上からまる見えだよね？」

「はい。たぶん、一時的にルートを再建することで、兵を安心させ、もう少し上部に、新しいルートを建設するはずです。斜面の角度は急になりますが、上から覗かれるよりはましでしょう」

「引き続き監視しろ。補給のオスプレイは本当に来るのか？」

「はい。すでに那覇を出発したはずです。大丈夫ですよ。昨夜のワンサイド・ゲームを体験した直後です。解放軍がちょっかいを出して来るとは思えない」

土門は、指揮所を出ると、ロープを伝いながら斜面を降り、民間軍事会社の指揮所へと向かった。展開していた台湾軍のガーディアン戦闘ヘリが引き揚げたせいで、空間が広くなった。戦闘ヘリ部隊は引き揚げたが、台湾軍海兵隊はまだ留まっている。戦力が限られる今は、お暇《いとま》してくれとは言えない状況だった。

解放軍が東沙島を攻略して以来、日本政府は、陸自特殊作戦群のOBらで編成される民間軍事会社の一個小隊を密かに送り込んで防備に当たらせた。正規部隊ではないから、いざとなれば、民間組織が〝勝手にしでかしたこと〟と言い逃れられる。中国に対して——。

しかし結局、一個小隊では足りず、かと言って、戦略的忍耐をモットーとするわが国政府は、水機団を送り込んでことを大げさにする状況も望まず、土門の部隊が出撃することになった。こちらも公式には存在しない部隊だ。いざ全滅しても、〝そんな部隊は聞いたことも無い〟と白を切れる。

対する人民解放軍は、囮の無人魚雷艇に混じってエアクッション艇で上陸して来た。少な目に見積もっても、日本側の三倍近い戦力を持っていた。度重なる小競り合いで削ってはいたが、まだ倍以上の戦力差がある。

そして、衝突するたびに、こちら側も少しずつ犠牲を払っていた。

土門が、指揮所に顔を出すと、ちょうど戦死者の遺体を回収したチームが引き揚げて来た所だった。部隊を率いていた西銘悠紀夫《にしなゆきお》元二佐も、その戦死者の一人だった。迷彩柄のボディバッグに包まれている。

部隊ナンバー2の赤石富彦《あかいしとみひこ》元三佐が、片手で拝むと、枝を掛けて上空からカムフラージュするよう命じた。他二名の元自衛官が戦死した。ボディバッグ三体が横に並べられている。

「赤石三佐、回収のオスプレイが間もなく到着するそうだ。で、今後のことを話し合わねばならん」

「わかりました。木暮《こぐれ》さんを同席させてよろしいですか？」

「君が構わないなら良いが……」

と土門は、良いのか？　という顔で聞き返した。

「彼が部隊のナンバー2になります。同席してもらった方が良いでしょう」

狙撃手の木暮龍慈《りゅうじ》元一曹は、この部隊というか会社では最古参。土門より早くからサイレント・コアに在籍して、土門の前任者とともに、陸自初の部隊を一から作り上げたベテランだった。

三人で、指揮所の天幕に入って、人払いした。

「それで、君は、この島からの脱出か、西銘君の解任を求めていたわけだが、どうするね？　望むなら、オスプレイに一緒に乗ってくれて構わないぞ」

「西銘さんのやり方に、何もかも賛成できたわけじゃない。むしろ同意できないことの方が多かった。本人を含めて、この戦死者は、出さずに済んだ犠牲かも知れません。すでに、四名の犠牲です」

その西銘も、担いで脱出させる余裕が無く、こめかみにピストルの銃口を当てて〝楽にしてやった〃のは、赤石だった。

「この後の任務は、正規部隊に正面を委ねて、われわれはバックアップに徹して、残った隊員を無事に連れ帰ることです。西銘さんは同意しないだろうが……。もし陸将補の許可が頂ければ、自分が指揮を引き継ぎたいと思います」

「わかった。私としては、異論はない。事実として、ここから後はどう考えても正規部隊の仕事だ。ただ、木暮さんのアドバイスには従ってくれよ。西銘みたいな無茶も困るが、いざという時に縮こまっているのも困る。この限られた手勢ではな……」

「はい。問題ありません。西銘さんの思想は、ちょっと偏っていたとは思いますが、結局の所、国を守るということは、われわれの血で購《あがな》うということですから」

「じゃあ、そういうことで良いかな?」

と土門は木暮の顔を見た。

「下士官に聞かんで下さい。でも、赤石三佐は良い指揮官になりますよ。西銘さんは、ちょっと皆に恐れられていたが、これからは風通しも良くなることでしょう」

「そういうことで頼む」

引き返す途中、台湾軍海兵隊の指揮所にも立ち寄らねばならなかった。遠くからオスプレイの羽音が聞こえて来た。やたら高価なだけで、使いづらいヘリだと思っていたが、こういう時は、速度にものをいわせてサッと入って来て、敵の戦闘機が反応する前に脱出できる。それなりの使い道を用意すれば、使えるオモチャだった。

台湾軍海兵隊を率いる海兵第99旅団〃鐵軍《アイアン・》部隊《フォース》〃情報参謀の呉金福《ウージンフー》少佐が、指揮所の中で、弾薬箱の上に座る若い兵士と話し込んでいた。

呂東華《ルードンファ》上等兵がよろよろと立ち上がり、土門に敬礼した。泣き腫らした眼だった。

「呂上等兵、やっと会えたな。君たちの活躍と援護に感謝する。立派な働きだった。台湾のラジオは聴いたかね」

と土門は北京語で呉少佐に尋ねた。

「はい。さきほど、国防相の会見を聞きました。あの人は、海兵隊出身のくせに、部隊とは付き合いの悪い人で、あまり評判は良く無かったのですが、これで軍の評価も一変することでしょう。総統選に出るかも知れません」

「うん。あれは、胸を打つ演説だった。上等兵、君の上官の名前は、英雄として長く国民の記憶に残ることだろう。間もなくオスプレイが到着する。次の補給があるかどうかはわからない。これが最後になるかもしれない。君は立派に任務をこなした。もう引き揚げても構わないぞ」

上等兵ではなく、呉少佐が答えた。

「その件ですが、本人はどうしても残りたいと主張しておりまして。われわれも狙撃兵は足りているわけではないので、残留を認めました」

「そうか。では落ち着いたら、君たちが島内のあちこちに設営した隠れ家の情報を詳しく教えてくれ。それが切り札になるかも知れん。うちの部隊の半分はそこそこの北京語を話す。昨夜は大変だった。しばらくは休んでくれ。たぶんオスプレイには食い物も積んであるだろう」

土門がその場を去ろうとすると、呉少佐が「少し良いですか?」と追い掛けて来た。

「政府の方針に関して、われわれがどうこう口出しできるものではないし、うちの国防相が、ここのことをどこかの無人島と表現するのも作戦上、やむを得ないとは思いますが、それにしても、どうして日本政府は、この島で兵隊同士が血を流して戦っていることを認めないのですか?　そもそも言論表現の自由があるのに、マスなメディアが、そこを政府に突っ込んだりしないのも解《げ》せません。台湾ではあり得ないことです。まるでどこかの独裁国のような情報統制だ」

「ああ、それはなあ……」

　土門は、ジャングル・キャノピーの中で立ち止まった。

「日本には、厳密に言えば報道の自由なんてのは無い。そんなものは誰も欲していない。政府が、『尖閣での戦争を報じて、国民を中国との総力戦へと煽る気か！』と新聞社の社長を呼んで脅せば、みんな従う。テレビは、新聞社の系列下だから、新聞が報じないことはテレビも報じない。ネットには、那覇空港をひっきりなしに離着陸する戦闘機の情報や、那覇で補給する護衛艦の目撃情報が流れるだろうが、それは、インターネットという巨大なコップの中の話だ」

「それで、日本国民は納得するのですか？」

「もちろんだよ！　われわれは三〇年を超える不況に耐えてここにいる。昇龍中国を目の当たりにしつつ、日本が衰退しているという現実には目を背けて、『世界に輝くニッポン！』と戯言を口にする為政者を支持してきた国民性だ。過酷な現実より、荒唐無稽な夢を語り続けた方が楽だろう？　人間というのは負けが込んでくると、現実を否定し、幻想の中に生きるようになる。それは、大陸にしても似たようなものだろう。解放軍はこれまで何千人の兵士を死なせたと思うね？」

「最低でも、二千から三千名は戦死したでしょうね。みんな一人っ子です。いくら情報を統制したところで、ネットを完全に黙らせることは出来ない」

「だろう？　恐らく、北京は、台湾侵攻まで見込んで、万の単位の戦死者は覚悟しているはずだ。

人民の世論は、それまで耐えられると踏んでいる。大陸の人民もまた日本と同じなのさ。戦場で死ぬ不運な兵士は、自分の息子ではないし、結果として中国が勝利し、台湾や日本を屈服させることができれば、失うものより遥かに大きなものを手に入れることが出来る。だから、彼らも声を上げることはない」

「総統府が、この島の名前を出して、展開した事態を明らかにしたらどうなります?」

「変わらんだろうね。ネットでは、それを逐一、翻訳して伝える連中が現れるだろうが、新聞もテレビも無視するだろう。日本では、新聞と地上波が黙殺すれば、それは事件でもニュースでもないから」

「それって、民主主義国ですか?」

「どことなく中国と似ているだろう?　いくら五毛党が削除しまくっても、ネットではそこそこ真実が語られるのに、人民日報と中央電視台が言わなきゃそれで済むんだから。日本でも、全国紙とNHKが無視すればそれで済む。週刊誌の類いは時差が大きいし。そう言えば聞いたな。一部の週刊誌が、ここで戦争になっていることをトップ記事として伝えようとしたんだが、結局、新聞社が、広告を全面拒否して、発売が一日遅れたと。塗り潰すとかじゃなくて、雑誌そのものの広告を断ってきたというから、この件に関しては、新聞と政府は一体だよ。『赤旗』という共産党の党機関紙があるんだが、あれはどうなんだろうな、本家の中国共産党とは不仲だと聞くから、赤旗くらい本当のことを書かないのか……。まあ、国と社会を回すための裏と表という所だろうな。われわれはそれで上手く回して来たつもりなんだ。結果の是非はともかくとして」

「将軍は、それで納得できるんですか?」

「政府の不拡大方針を私は支持する。昔、われわれはそれを無視して大陸で突っ走って痛い目に遭った。尖閣だけでことが収まるとはとうてい思わないが、政府が、まだ北京と交渉の余地があると信じている間は、従うよ。もちろんわれわれは、その余地が消え失せた後でも、政府が白旗を掲げろと言えば従うが。それが民主主義国家の軍隊だ」

オスプレイの羽音が変わる。遷移モードから、ヘリコプター・モードに切り替えて着陸しようとしていた。

昨日までアパッチ・ガーディアンが展開していた、僅かの空き地に、オスプレイが着陸してくる。着地する寸前に、くるりと向きを変え、機首を海側へと向けての着陸だった。

後方ハッチが開いて、補給物資の搬出が始まっていた。指揮を取っている男の怒鳴り声が聞こえて来る。聞き覚えがある声だった。本人曰く、迫撃砲の発砲音で耳を殺《や》られて声がでかくなったとのことだった。

銃弾が届くと聞いていたが、そのケーシングは、明らかに迫撃砲弾だった。八一ミリと、六〇ミリの迫撃砲弾だ。

「萬田《まんだ》さん、今ごろは、毎日、銚子で釣り三昧だったんじゃないんですか？」

と土門が呼びかけた。

「喰わなきゃならんからね。遊戯施設の警備主任が本業だ。週末は釣り三昧で、満足はしているよ。ところで、俺は、将軍様に敬語を使わなきゃならんかね？」

萬田斉《ひとし》元一尉は、日焼けした顔で土門に尋ねた。

「いえ。みんな貴方に教えを請うたんです。そんな必要はありませんよ。しかし、孫の顔を見てか

ら死ぬんじゃなかったんですか？」

「それがな、昔の上官から呼び出されて、ここが拙《まず》いことになっている。増援を出したいが、政府の許可が出ないし、空挺や水機団から迫撃砲中隊を送り込むとなると、それはそれで大事になる。ついては、お国への最後のご奉公と発奮して、お前が一番信頼する仲間を招集して、向かってくれ。全ての人員と装備は、オスプレイ一機分で運べる規模に収めてな、と無理難題を言ってきた。そこで、俺はボーナスの交渉をして、不景気な娑婆で働いている元部下たちをかき集めたというわけだ。一個分隊に、砲と砲弾。八一ミリ砲弾とか残っているか？」

「いいえ、あらかた撃ち尽くしました。砲弾だけで良かったのに……」

「君らは、本業で忙しいだろう。餅は餅屋だ。それより、敵は迫撃砲を撃ってきたか？」

「いいえ。ドローン型の迫撃弾は飛ばしてきましたが、迫撃砲自体は使われてないですね。たぶん、それを積んだエアクッション艇は、沈んだのだろうと判断しています」

「そりゃ、ついてたな。こんな狭い島、迫撃砲がほんの六門もあれば、兵隊は全滅するぞ」

「それなりの数の弾があればの話でしょう。でも、一度はそれで敵を撃退できました。効果は絶大です」

「うん。確かに砲弾の数は限られる。だが、ちょいとあちこち突いて、誘導砲弾も持ち込んだ。敵の指揮所がわかれば、ピンポイントで狙える。戦術的にそれが必要ならな」

荷物を降ろすと、代わって死体袋がオスプレイに運び込まれる。見送りも何もなしだ。せめて那覇基地で、それなりの出迎えがあることを祈るしか無かった。きっと誰かが、その写真を撮ってネットにリークすることだろう。

望むと望まないとにかかわらず、そういうことは起こるものだ。敵はしばらくは仕掛けてこないだろう。その間に、迫撃砲部隊の陣地をもう何カ所か増やせるだろうと土門は思った。


人民解放軍・第164海軍陸戦兵旅団の作戦参謀・雷炎《レイイエン》大佐は、〝蛟竜突撃隊〟を率いる宋勤《ソンチン》中佐が伐り拓く道のすぐ後ろにいた。五歩進んでは、立ち止まるの繰り返しだった。

台湾陸軍のＡＨ－64Ｅ〝アパッチ・ガーディアン〟戦闘ヘリによるロケット弾攻撃で、丸一日掛けて構築した進撃ルートが見事に寸断されていた。

彼らが〝長安街〟と名付けて開拓した道は、ジャングル・キャノピーの下を走り、真上からドローンで覗いても簡単には見えない作りになっていた。木々が薄い所は、わざわざ他所から小枝を持ってきて覆いを作ったほどだ。

だが、ハイドラ・ランチャーのロケット弾攻撃は凄まじかった。そこいら中の木々を薙ぎ倒し、どこに道があったかもわからない。

その瓦礫を、兵士らが鉈を持って伐り拓いていた。残り、ほんの僅かという所で、ヘリのローター音が聞こえてきた時にはぞっとした。また戦闘ヘリだったら、こんな所に固まっていては全滅だ。誰も助からない。

だが、その羽音はやがてオスプレイだとわかった。たぶん補給機だろう。味方に補給は無いが、敵にはある。つまり、制空権は依然として日本側にあるということだ。

この長安街ルートはもう使えない。さらに山側に迂回路を作る必要があるが、それだけルートの勾配はきつくなる。距離も伸びるだろう。

その戦闘ヘリは撃墜したが、パイロットを捕縛しようと欲を出して、また大勢の犠牲を払ってしまった。こちらの勢力圏内だから捕縛は可能だし、士気も上げるという判断が命取りになった。日台両軍は、犠牲も厭わずパイロットを救出しに殴り込んできたのだ。その戦術は、敵の方が数段は上手だった。狙撃手を配し、ドローンを撃ち落とし、最後は、山側から強烈な圧迫を与えてきた。

敵とは言え、見事な救出作戦だった。もし、味方機が墜落して、パイロットが敵陣に孤立したとして、そのパイロットを救出するために部隊を危険に晒せるかと問われれば、答えは否だ。いくらパイロットの訓練に金が掛かっているとは言え、合理性が無いと雷は思った。だが、その合理性がないことにも、兵士の命を懸けるのが軍隊という所だ。自分は反対だが、宋中佐辺りは、喜んで死地に飛び込みそうな気がした。

空は今日もどんよりと曇っている。時々、無人機らしきモーター音も聞こえてくるが、味方のものではなさそうだ。今、ここで惨めに突っ立っている自分は、上空のドローンからまる見えだった。瓦礫の下に埋まっている兵士らを救出し、戦死者を回収して指揮所に引き揚げた時には、もうだいぶ陽は高くなっていた。

指揮所にたどり着くと、雷炎大佐は、まるで老人みたいに、へなへなと椅子に座り込んだ。姚《ヤオ》彦《イエン》少将が水筒を差し出してくれるが、キャップを外す体力も残っていなかった。腰から下は泥だらけだ。

雷炎は気付かないふりをしたが、姚提督は、明らかに気落ちした表情だった。

「ラジオを聴いたかね？」

「何処のです？　北京が停戦発表でもしましたか？」

「いや。台湾のラジオだ。聞かせてやれ……」

通信兵に命じると、録音した音声がスピーカーから再生される。墜落したパイロットを助けるために犠牲を払った兵士を称える国防相の声明だった。

「君らが逃した魚は、大物だったようだ。もし捕縛に成功していれば、良い宣伝になったのだが……」

「提督、その勇敢な狙撃手は、味方兵士五名以上を殺しました。明け方の戦闘で、一個小隊以上の犠牲を払ったが、敵にも優秀な兵士がいたということです。その気高い犠牲に敬意を払いましょう。そのアイドルをやっている女性兵士の話を真に受けるかどうかはともかくとして」

宋中佐は、複雑な表情でそう応じたが、旅団参謀長の万仰東《ワンヤントン》大佐が、「敵に賛辞を送れ、というのか君は？」と窘めた。

「敵の顔が一瞬でも見えたことは評価すべきだ。自分たちが戦っている相手が、どれほど良く訓練され、士気も高い兵士であることが垣間見えたのですから」

「逃した魚のことをあれこれ言っても始まらん。それで、ミサイルの戦果はあったのかね？　ここから見ている限りでは、どうも命中弾が見えないというか、確認できなかったのだが……」

と姚提督が雷大佐に問うた。

「われわれもジャングル・キャノピーの下で戦っていたので、全く見えていません。一発くらい当たったんですかね」

「この指揮所の沖合にイージス艦が突如現れてな、主砲を連射し始めたんだ。咄嗟に伏せたよ。伏せるよう全員に命じた。そしたら、その砲弾は、どこか島の北方海上で次々と爆発を繰り返し、弾幕を張ってミサイルを叩き墜していた。あれは何というか、透明な壁みたいだったな。何発当たったんだ？　と無線を送ったが返事はない。東海艦隊からは『損害を確認できず』と言ってきただけだ。タイム・オン・ターゲットという奴か？　二〇〇発からの巡航ミサイルを飽和攻撃で同時着弾するように発射して、一発も当たらなかったんだぞ？　信じられるか。われわれが戦っている相手は、爪を隠した虎だぞ。こんな化け物連中相手に勝ち目があるとは思えん」

「どれだけ兵力で勝っていようが、制空権無くしては、勝てる戦いも負けるということです。敵は強《したた》かだが、化け物じゃない。まずは、敵の補給を阻止することが大事です。それが出来ないと、さっきは一機だったものが、二機四機と増えますよ。台湾からも、また戦闘ヘリが向かって来ることになる。まだ肩撃ち式の対空ミサイルはある。山に登って、次に飛んで来る機体を阻止しましょう」

「雷炎大佐、君の口から、初めて作戦らしい作戦を聞いた気がする」

「そんな、ちまちました作戦なんて……」

と参謀長が嫌な顔をした。

「では、また部隊総出でバンザイ突撃をしますか？　ドローンは上げるそばから撃墜される。音も無く墜落していく。明らかに敵にはレーザー兵器がある。われわれはそんな相手と戦っている。味方部隊が半分に減れば、ここでやっていることが無駄だとわかるでしょう」

「参謀長と作戦参謀、両者痛み分けだな……。とにかく、一歩ずつ進めよう。稜線攻略は、失敗したばかりだがな、宋中佐、策はあるか？」

「先に陣取った側が圧倒的に有利です。島の東端から部隊を出して陽動しつつ、攻略部隊を、途中から険しい斜面を登らせて敵の背後や側面を衝くしかないでしょう。ルートは限られますが」

「やってくれ。同時に、〝長安街〟の再建も必要だ。少なくとも、兵隊に仕事はある。敵が攻めてくる可能性もあるから、それにも備えなきゃならん。われわれは、犠牲を払って敵を圧迫したのに、ミサイル攻撃の失敗に落胆しているが、作戦は立て込んでいて暇では無い、それより制空権はどうした？　と上を突いてみるよ。この状況はわれわれの責任ではないことを暗に強調する。そこが大事だよな？　参謀長」

「はい。大きな損害のほとんどは戦闘ヘリによるものです。東沙島と状況が違うことを北京の指導部にも認識してもらわないと。この膠着状態の責任を現場部隊のせいにされては敵いません。嫌な言葉だが、今は保身も大事です」

「二人は、その泥を落としてしばらく休んでくれ。敵の出方も探りたいしな」

「制空権ですよ！　提督。負傷兵の後送ひとつままならないのは問題です。東沙島では考えずに済んだ問題だが、ここでは大問題です。死なずに済む兵士が死んでいく」

　雷炎大佐は、珍しく感情的な言葉で迫った。苦労はするだろうとは思っていたし、いくら日本が、ここでの戦闘を隠蔽しようと、一筋縄ではいかないだろうと思っていた。

　だが、たかだか一個中隊いるかいないかの敵相手に、ここまで苦労するのは想定外だった。何もかも、制空権がこちら側にないことが最大の原因だった。

　KJ－600（空警－600）が置かれた寧波海軍飛行場のハンガーでは、浩菲《ハオフェイ》中佐が、副操縦士の秦《チイン》怡《イー》大尉と図面を睨んで話し込んでいた。二人とも、上海の名門工科大学、同済《トンジー》大学の先輩後輩という関係だった。

空気を入れ換えるために開け放たれたハンガーの入り口に、私服姿の男性が突っ立ってキョロキョロしていた。兵が呼び止めて、中佐に用事らしいと告げてきた。

マスクをしていたが、まだ学生風だった。縁なし眼鏡越しにも童顔がわかる。小柄で、背丈は浩より低い。道に迷ったような表情だった。

「誰かお探しかしら？」

「浩菲中佐と、鍾桂蘭《チオンクイラン》少佐ですか？」

若者は、二〇メートル以上離れた所から尋ねた。

「私が、浩です。彼女はパイロット。鍾少佐は、貴方の後ろのテントで寝ているわ。呼んでくるけれど、そちらはどなたかしら？」

「ええと、何処の名前を出せば良いのかな。S機関をご存じですか？」

浩は、その名前を大声で叫ぶのは拙い！　という顔で手招きした。

「上海数理研究所のこと？　上海と言いつつ、その〝S〟は上海のSではなく、本当は深圳のSであって、ファーウェイの巨大研究都市に間借りしているとかの、軍の極秘研究機関……」

「そんな所です。東海艦隊参謀の馬慶林《マチンリン》大佐から連絡は来てませんか？」

「ごめんなさい。あったかも知れないけれど、連絡漏れかも知れないわ」

「酷いな。あの人、そこそこの秀才なのに、そういう所は、いい加減だから。僕は、張高遠《ツァンガオユエン》です。張高遠博士――」

若者は、一瞬、マスクを外して顔を見せた。まだ子供じゃないか……、と浩はその幼さに驚いた。それに酷い格好だ。コミコンTシャツに、背中に背負う大きなザックには、ハリウッド映画のパッチを張りまくっている。

「貴方、何歳なの?」

「二四歳になったばかりです。一九歳で北京大学を卒業しました。今、趣味で研究している量子力学の博士論文を執筆中ですけど」

秦大尉が、「少佐を起こして来ます」とテントへと向かった。

「ふう……、疲れた。列車はガラガラでしたけどね。僕しか乗ってなかった」

「大佐が貴方をここに遣したのよね?　なら、移動のための軍用機くらい出るでしょう?」

「ええ。でも飛行機は危険だから。高速鉄道で来ました」

浩は、ザックを置いて椅子に座るよう勧めると、ポットからコーヒーを紙カップに注いでやった。

「貴方、数学者なのよね?」

「広義で言うところの、数理データ・サイエンスが専門です」

「なら、飛行機で死ぬ確率と、列車や自動車で死ぬ確率とか……」

「自動車も危険だから極力乗りません。免許も持たない。列車は、ぎりぎりの妥協ですね。でも別に、その手の恐怖症があるわけじゃありません。だって、飛行機って墜落するでしょう?」

「そうね。とりわけ戦時の軍用機はね……」

と浩は笑った。若いが、面白い青年だ。

「馬さんも酷いな。あの人が僕らをスカウトしたんですよ。北京大学にやって来て。民間最高機関と同額のサラリーを約束するからと。僕らのこと、一言も説明は無かったですか?」

「今朝も馬大佐がここに来たけれど、貴方の話というか、S機関の話なんて、彼の口から出たことは無かったわよ。私も以前にたまたま小耳に挟んだだけで、突っ込んではならない機関だろうことは察しが付いたわ」

張は、ザックを開いて、大型のノートパソコンをテーブルに出した。浩は一目見て、それが最新最高スペックのゲーミングPCだとわかった。一緒に置かれたACアダプターは、コンクリート・ブロックかと思わせるほど巨大だった。

「それ、特注品か何か？」

「ええ。市販品の電源で計算していて、二度も発火して火事を起こしかけた。僕らの机の下には、全員、消火器が置いてあります。当然クロックアップしているので、消費電力が半端ない」

「天才なのね。海外留学とかしないの？」

「ハーバード、プリンストン、スタンフォード、MITから奨学金付きの入学許可を貰いました。でも、僕くらいの天才になると、国が勝手に外には出してくれない。その機会があるとしたら、諜報活動の契約書にサインが必要でしょう。今はもう、そもそもアメリカの大学は、中国人に冷たくなりましたからね。でも、いつかは行きたいと思っています。もっとも、行きたい場所は欧米じゃ無く、隣の日本ですが」

「見るからに、貴方、〝宅男《オタク》〟よね」

「それは関係なくて、僕が学びたい数学理論の研究者が日本にいるんです」

Y－9X哨戒機の開発を指揮する鍾桂蘭少佐が起きてくる。頭に寝癖が付いていた。

「ごめんなさい、起こしてしまって。こちらは、S機関の張博士。天才だそうよ。貴方、飛行服のまま寝てたの？」

「もちろんです。さすがに軍靴は脱ぎましたが」

「その軍靴って、面倒臭そうですよね。蒸れそうだし」

とナイキのスニーカーを履いた張が指摘した。ナイキと言っても、値段は張るがメイド・イン・チャイナだ。

「まあ、慣れよね。軍靴なら、外出するたびに今日のヒールはどれにしようかと悩まずに済むでしょう。そういう利点はある。でも蒸れるし、臭いもきつくなるから、管理は必要よ。男は一足で済むけれど、女性は臭いが気になるから、代えも必要だし」

「さて、博士。貴方のお話は、どのレベルまで聞かせて良いのかしら？」

「この空警機と、そこの外に止まっている哨戒機は実験機で、ということは皆さん、エンジニアなわけですよね？　両方の機体に関わることだから、エンジニアには聞く権利があるでしょう。絡繰りを知って欲しいです。その許可は貰って来ました」

「それだと、われわれのクルー全員ということになりかねないわ。作業を中断し、寝ているクルーを起こすことにもなる。とりあえず、われわれと、パイロットの秦大尉で聞きます。彼女も立派なエンジニアだから」

張は、パソコンを起動しながら、顎マスクにして紙コップのコーヒーを飲んだ。

「この疫病ですが、自分らも恐れる必要があるんですか？　深圳でもすでに感染者は出ているけれど、規模までは聞いてないので」

「私たちは機上生活が長いし、地上では、なるべく基地の施設には近寄らないよう注意しています。わからないとしか言いようがないわね」

「わかりました。まず、動画を一本見てもらいます。ＵＣＬＡの院生が、サマーキャンプの高校生向けに作って公開した動画です。皆さん、〝散乱理論と逆問題〟というのを聞いたことがありますか？」

三人の女性エンジニアは顔を見合わせて首を捻った。

「ごめんなさい。私たち、エンジニアとして数学の素養はあるつもりだけど、初耳だわね」

「今、中国で一番頭が良い数学の天才はどこに行くと思いますか？　量子コンピューター、紐理論、これらは、普通にニュースにもなるし、科学雑誌にも載る。けれど、最先端数学で、すでに世の中の生活に貢献しているのに、世間的には全くその存在を知られていない分野があります。それが、中国が今、極秘の研究所を立ち上げてまで没頭している最新の数学です」

画面に、CGで描いたシンプルなアニメが現れた。

「すみません。極秘研究なので、それなりのレベルの人々に説明するための資料とか一切ないんです。この画面に現れているのは、水面だと思って下さい。どこかの公園の、静まり返った池です。そこに石を投げ込むと、こうやって同心円状に波紋が拡がっていく。いわゆる波紋、波ですね。次に、この水面というか、池に、障害物があるとします。ごつごつした岩が二箇所、水面から突き出ているとしましょう。その手前に小石を投げ込むと、広がって行く波紋は、当然その岩にぶつかり、複雑に跳ね返ってきます。さて、この岩の手前に、何かの衝立を置いたとして、岩を見えなくします。跳ね返ってくる波紋から、その岩の形状を推測して数学的に計算することは可能か？　離散スペクトルの順問題、逆問題というんですが……」

「私たちがレーダーで日頃やっていることは、まさにそれに近いわよね。戦闘機やミサイルの形状までとなると、スパコンを用いる必要があるけれど、たぶん、それなりのデザインを可視化するには、スパコンで何日も掛かることでしょう」

「実は、僕らの研究所は、回り回ってきた軍からの依頼に応えて、この空警機や哨戒機の開発に協力しています。解析プログラムの一部を匿名で提供してきました」

「ああ！　あの、やたら速い奴ね。でも、私のデュアル・バンド・レーダーにしても、周波数を落とすと分解能が落ちるから、すっきりくっきりとは行かないのよね。ステルス機が見える自信はあるけれど」

「仰る通りです。でもわれわれが提供したのは、あくまでもプログラムであって、皆さんは、その中身を知らないでしょう。それは、ある一つの方程式から成り立っています。京都大学のある天才研究者が、十年を費やして発見した、たった一つの方程式が、そのスパコンを使っても何日も掛かる計算を、ほんの一瞬で解決することに繋がった。それはすでに民生技術への応用が始まっています。皆さん、乳癌検診とか受けていますか？」

「私たち、まだそんな歳でもないから……」

と秦大尉が言った。

「私は毎年受けているわ」と浩中佐が告白した。

「祖母が乳癌で亡くなり、母も十数年前、乳癌が見つかった。幸い、発見が早くて助かったけれど。どうやら乳癌の因子を受け継いでいるみたいなの」

「いわゆるマンモグラフィ検査ですよね」

張博士が、画面を切り替えた。マンモ検査の診断画面だった。日本語の説明タイトルが付いている。

「マンモ検査は苦痛だし、しかも、熟練の乳腺科医でも、癌組織を見落とすことがある。この写真で、何処に癌細胞があるかわかりますか？」

写真のアウトラインから、女性の乳房を真横から撮っていることはわかるが、幼児が毛筆で落書きしたみたいに乱雑な写真だった。

「二枚目……、これが、その方程式を使い、マイクロ波で見た同じ乳房の癌細胞です。乳腺の影を綺麗に除去し、癌細胞だけがくっきりと浮かび上がっている。実はこれ、元は３Ｄデータなんですけどね。従来のマンモ検診では、３Ｄモデリングは無理だ。金と時間が掛かりすぎる。なぜこんなことが出来るかと言うと、癌細胞の回りには、毛細血管が発達して猛烈に栄養を送り始める。つまり、血流＝水分がそこだけ多いわけです。反射率が他の組織と微妙に違う。マイクロ波を縦横から当て、その反射してくる波を計算して、モデリング化する。日本では、この技術を応用したマンモ検診がすでに臨床段階に入っています。同じ手法で、たとえばリチウムイオン電池の劣化を、分解せずに外からも分析できるようになった。極めて微弱な電流を流すだけで、それが透視できる。これは、ここ中国でもファーウェイが独自に研究してますけどね、たぶん日本の方が五年は先んじている。特許もほとんど日本が抑えています。さて、この方程式を最も有効に生かせる分野は何か？　ということです」

「なるほど……。つまり、軍事技術よね。ステルス探知であり、潜水艦狩り。軍事革命を起こす方程式だわ。ステルス破りのＭＩＭＯ《マイモ》レーダーに応用出来たら、システムを十分の一に出来て、なお精度も格段に向上するわ。ということは、日本は、それをもう持っているということね？」

「と思うでしょう？　ところが、これが奇妙な話で、日本はこの方程式を軍事技術に応用する気は全くないんです。なぜかと言えば、それを必要としていないから。日本の敵対国で、本物のステルス戦闘機を持っている国はない。われわれのＪ－20戦闘機みたいな酷いペテンはともかくとして、ロシアのそれも、アメリカのステルス戦闘機と比べれば、ステルス度は低い。対潜技術にしても同様です。中国海軍の潜水艦は、銅鑼を鳴らしながら走っているほどに煩いし、日本は事実として、アメリカと並んで世界一の対潜哨戒部隊を持っている。そんな高度な技術を使わなくとも、われわれの潜水艦は丸見えですからね。だから彼らは、軍事技術への応用に興味は無いし、その研究も比較的オープンにしている。敵対国である中国も、その成果に自由にアクセスできる。中国は、これが軍事革命を起こすと確信して、深圳に偽装された研究所を立ち上げ、国中からかき集めた数学の天才を百名以上も採用して、今、一生懸命、そのレーダーやソナーへの応用を目指しています。アメリカもやってはいるでしょうけれどね。中国の数学界から、二十歳台前半で博士号を取った天才連中が、突然大量に姿を消したことをアメリカの情報機関は不思議に思ったはずです。

この方程式の真の価値に気付いているのは、現状、中国とアメリカだけでしょう。われわれは、軍の研究機関として、最も高額なサラリーを貰っています。金の使い道はないけれど。上海に偽装オフィスを立ち上げ、しかも研究所名まででっち上げて極秘裏にやっているんです。僕らの研究は、量子暗号通信より高い優先順位を与えられています。あっちはまあ、ファーウェイだって勝手にやってくれる研究ですからね」

張博士がビューワーを閉じると、スクリーン・セーバーが立ち上がった。一つの、異様に長い数式が、黒い画面をバックに黄金色に浮かび上がった。

「美しいでしょう？　完璧な調和を持つ数式です。まるで中世の宗教画のような調和と統一を持っている。神様の方程式と言って良い。重力波観測やニュートリノ観測など宇宙探査にも応用できる。僕は、紐理論の研究にこそ応用出来ると考えているのですが……。彼は、いずれ数学の国際賞を総なめし、ノーベル賞も貰うことでしょう。人類の幸福と、女性の健康増進に大きく貢献した」

「われわれの勝利にも?」

「それはどうですかね。せめてもう三年、待ってもらえれば……。でも、問題点を洗い出して、性能向上には貢献できるつもりです。馬大佐が、もう少し早く、われわれに耳打ちしてくれれば良かったんですよ。応用研究の速度を上げたのに」

「明日明後日までに出来ることがある?」

「たぶんあるはずです。空警機のデュアル・バンド・レーダーの性能を向上させ、哨戒機に関しても、ソナーや合成開口レーダーの精度も上げられる。でも意外だな、水中音波を研究しているなら、この方程式の存在くらい知っていると思っていたのに」

と若者は、鍾少佐を見遣った。

「ごめんなさい。私はそっちの専門ではなく、AESAレーダーが本業なんです。しかも、今やっていることは、それとも関係ない、LiDARで水面の隆起を探ること」

「ああ、これまでは合成開口レーダーや逆合成開口レーダーでやっていたことですね。新しい技術だ。そっちにも貢献できますよ。S機関でやっていることは、もっぱら水中での音の伝搬に関する研究ですけれどね。水中には、コンバージェンス・ゾーンや層深など、音を屈折させる複雑な要素が多い。言うなれば、材質も厚みも全く違うガラスが無数に海中で重なって浮遊しているようなものです。そのガラスにぶつかる度に、音波は複雑な屈折をする。我が海軍は、これまで大陸棚でばかり活動してきたので、その知識が無かったが、南中国海を支配して、やっと深海の知識が手に入るようになった。今、一生懸命、そのデータを取っているけれど、われわれが日米の哨戒技術に追いつくまで、あと何年かかると思います？」

「最短でも一〇年は掛かるわね。その間、日米はさらに先に進むでしょうけれど」

「この方程式を応用することで、その期間を短縮できる。たぶん五年以下にね。いちいちその海域の海水データを事前に収集して分析蓄積する必要も無い。ソナー探知に革命が起きますよ」

「話はおおよそ理解しました。では、哨戒機の方から懸かって下さい。私の空警機は、もうしばらく修理に時間が掛かりそうだから」

「戦争やっている最中に、どうしてレーダーを分解して重整備なんてやっているんですか？」

張博士は、怪訝そうな顔で尋ねた。

「日本のイージス艦から、イージス・レーダーの集束ビームを喰らって半導体が焼き切れた。私のミスです。近づき過ぎた」

「ほら、やっぱり飛行機って危険だ」

「でも、システムを診断してもらうには、一緒に飛んでもらうしかないわよ？　私の機体は遊んでいる余裕はないから」

と鍾少佐が言った。

「冗談でしょう？　そもそもあれもこれも、中国製でしょう？　中国製の危険極まりない飛行機に人民を乗せるなんて、今時酷い人権侵害ですよ。ここ中国でだって許されることじゃない。ボーイングやエアバス社の工場で製造されたとかいうならともかく」

「その貴方が貰っている高額サラリー分の危険を冒してもらうしか無いわね。文句があるなら、馬大佐に言って下さいな」

「専攻は量子力学にしとくんだった……」

天才青年は、心底怯えている様子だった。来るんじゃなかった、とその顔に描いてあった。男の子は、この手の危険なオモチャが大好きなはずなのに、変な青年だと鍾少佐は思った。

「大丈夫よ。一回飛べば、貴方もその魅力に取り憑かれるわよ。深圳に戻る頃には、次は戦闘機でも開発しようという気にさせて見せるわ」

「タクシーに乗ったからって、自分でドライブしたいとは思わないですけどね」

「早速、貴方サイズの飛行服と軍用ブーツを見繕ってくるわ」

鍾少佐は、満面の笑みでそう告げた。

第三章　東京湾クルーズ

シージャックされた豪華客船〝ヘブン・オン・アース〟号（一三〇〇〇〇トン）は、東京湾クルーズ船と化していた。海上保安庁の巡視船に先導され、東京湾を一日中ぐるぐると回っていた。

最初は、物珍しさに、乗客は外の景色を眺めていたが、今はもう皆部屋に閉じこもっている。乗客からの最大の要望は、「動いていいが、携帯の電波が途切れる所に行くな！」というものだった。

テレビは映るが、日本のニュース番組は退屈そのものだった。なぜなら、どのチャンネルを捻っても、自分が乗っているこの客船を映しているだけなのだ。

時々、船尾から海面に投下される遺体の様子も、ボカシを入れて流している。見たくはないシーンだ。自分たちもいずれはこうなるかも知れないのだから。

船内では、ウイグル人科学者が持ち込んだ中東呼吸器症候群《MERS》ウイルスが猛威を振るっていた。拡張された診療所の入院病棟では賄いきれずに、明らかに酸素吸入が必要な感染者も、自室待機を命じられていた。

太平洋相互協力信頼醸成措置会議《CICPO》に中国側代表団を率いて乗り込んでいた任亜平《レンアピン》元海軍大将も、今は病室に収容されていた。彼は、咳は酷いものの、まだ鼻腔カニューレによる酸素吸入で済んでいる。特別扱いだった。

サイレント・コアの一個小隊を率いる原田拓海《はらだたくみ》一尉は、防衛医大のグループと、四国沖で乗り込んで来た。衛生兵という立場での参加だった。

原田は、最近、それなりに上達したと土門から誉めてもらっている北京語で会話を試みた。

任提督は、激しく咳き込みながら、「良いよ！全然悪く無い。そのまま勉強を続ければ、捕虜の尋問も出来るようになるだろう」と言ってくれた。

それで、これは駄目だなと思って英語に切り替えた。提督は、洗練された英語使いだった。

「私の北京語は理解しているよね？　別に君の言葉が酷くて咳き込んだわけじゃないぞ」

「ええ、でも、英語のヒアリングの方が提督には楽そうに見えたので」

原田は、ベッドを起こして飲み薬を差し出した。

「ＭＥＲＳの薬なんて無いんだろう？」

「はい。これは、コロナで効果があった薬です。関節リウマチの治療薬であるオルミエントという薬と、こちらは名前はご存じだと思いますが、抗ウイルス薬のレムデシビルです。一緒に飲むと、コロナからの快復率が上がることがわかっています。ただ、進行前に飲むのがこつです。肺が真っ白になった後ではなかなか効かない」

「皮肉なものだな。海軍なんて、ウイグルの問題に何ら関係ないのに。それどころか、人民解放軍自体が無関係だ。あれは、公安がしでかしたことだからな」

「理由が何であれ、テロを起こして良い理由にはなりませんよ。誰の責任でもない。提督が気に病む必要はありません」

「中国のニュースは流れているかね？」

「それなりの情報統制はあるでしょうから、ニュースはあまりないですね。ただ、あちらのネットを読んでいる日本のメディアの情報では、あちこちで感染者が出ているらしいとは言っています。都市は何処もロックダウン状態で、国内便は全く飛んでいないとか」

「船医殿は、コロナを経た後だから、致死率は一〇パーセント程度だろうと言っていたような。となると、一四億も人民がいれば、まだ一二億の民は生き残る」

「それは、人民全員が感染しての数字ですから、感染を減らすことが出来れば、コロナの時の、欧米程度の犠牲に押さえ込めるでしょう。それで亡くなる人間には気の毒ですが、それでも中国はびくともしない。ウイグルへの憎悪と偏見を掻き立てるだけで、全く無意味なテロですよ」

「佐伯《さえき》提督はお気の毒だった」

日本側代表団を率いていた元海上幕僚長は、すでに亡くなった。

「オトナシさんだったか？　陸の大佐殿はどうかね」

「症状の度合いとしては、提督と似たような感じですね。まだ自室で療養してもらっていますが」

「私程度の症状で、こんな所に寝てて良いのかね？」

その六人部屋で、意識があるのは提督一人だった。他は全員、眠ったまま酸素吸入なり人工心肺装置を装着させられていた。

「はい。提督には生き延びてもらわねば困ります。それが、われわれは屈しないというテロリストへの強いメッセージになるし、人民への励みにもなるでしょう」

「君は変な人間だね。われわれは今、例の無人島で戦っているんだろう？　敵同士なのに」

「ここでは、ナースと患者の関係です。それに、その件は、わが国政府は否定してますからね」

「自分が現役だったら、こんな無謀な戦争は絶対にやらせんよ」

「なぜです？　人民解放軍は、それなりに成長したじゃないですか。それに、アメリカは今、それどころではないし」

「アメリカは絶対に出てくるよ。ここで知らん顔をしたら、それは中国がアメリカに代わって世界の覇権を確立して宣言したと認めることになるじゃないか。その世界のスーパーパワーのアメリカと、西側世界で今やナンバー2の軍備を持っている日本がタッグを組むんだぞ。勝てると思う方がどうかしている。現役の将軍、提督連中は、新しくなったオモチャに舞い上がったんだろうな」

　原田は、聴診器で呼吸音を聴くと、サイドテーブルの上に栄養ゼリーをいくつか置いた。

「栄養を取って、ゆっくりお休み下さい」

「有り難う。冗談でなく、そのまま勉強を続けると良い。語彙はいまいちだが、発音は良いよ。きっと中国人から教わっているんだろうが」

　さすがに、自分の女房から教わっているとは原田は言えなかった。

　診療所で雑用係として採用されたバイオリニストの是枝《これえだ》飛雄馬《ひゆうま》は、ベッドの上で俯せにされたオケ仲間の浪川《なみかわ》恵美子《えみこ》を見守っていた。防衛医官の永瀬《ながせ》豊《ゆたか》二佐がバイタルを確認している。素人目に見ても、酸素飽和度が下がりすぎていることはわかった。

「イベルメクチンは効いてますか？」

「まあ、そんなに覿面《てきめん》には効かないよね。どんな薬も……」

「もし、ここにエクモがあったら、もう使ってます？」

「うん。使っていると思うね。エクモで時間稼ぎしている間に、何かの薬が効いてくれることを祈っていただろう」

　この部屋にいる全員が、今はもう意識はない。管に繋がれ、人工呼吸器がその命を繋いでいた。

「彼女、全然起きないですね」

「麻酔薬のプロポフォールが効いている。この状態では、意識はない方が患者も楽だ。昼飯は食べた？」

「ええ。さっき、ハンバーガーを」

「ここはナースに任せて、お茶でも飲もう。誰かが急変しても、われわれにはもう何もできない。エクモがない限りはな」

　いったん船尾デッキまで下がり、タイベックスの防護スーツを脱ぎ、帽子、靴カバー、二重の手袋を脱いだ。最後にマスクを交換する。

　デッキの端に、上のデッキへと昇り降りする螺旋階段がある。船医の五藤彬《ごとうあきら》が、上から首だけ覗かせて「ケーキがありますよ？」と二人に呼びかけた。

　背後から、原田一尉もやって来る。螺旋階段を昇った先は、プール・デッキになっていた。ここは、診療所から最短コースでプールに駆けつけられるようになっていた。普段は、施錠されている階段だった。

　太平洋相互協力信頼醸成措置会議《CICPO》の事務方代表を務める外務省・総合外交政策局・安全保障政策課係長の九条寛《くじょうひろし》がすでに座っていた。

　日よけのタープが張られた空間を潮風が走り抜けている。東京湾は普段通りの賑わいだ。国内線航空機が、羽田沖に数珠つなぎに降りて来る。だが、九州方面への便はかなり削減されていると聞く。那覇便は、事実上飛んでいなかった。東南アジアと往き来する国際線は、太平洋側へと大回りを強いられている。

「中国の提督の様子はどう？」と五藤が原田に聞いた。

「落ち着いてますね。他の重症化する患者さんとは明らかに違います。皆さんここに集まって、下は良いんですか？」

「カサロヴァ先生がいるから大丈夫だよ」

　この船には、感染症学が専門の五藤と、切り傷からお産まで何でも扱うブルガリア人女医の二人の船医が乗っていた。

　そして日本政府からは、感染症の専門家として、防衛医官の永瀬と、その永瀬がリクルートして来た、予備自の医師、三宅隆敏《みやけたかとし》三佐が乗り込んでいた。ここでは全員が、防護衣を脱いでいる。ただ、N95のマスクはしていた。コーヒーが入った紙カップは、風に飛ばされないよう、カップホルダーに入っている。竹製の無粋なストローが差してあった。熱いコーヒーを、一瞬マスクをずらしてストローで飲む姿は、少し間抜けな感じだった。

　後方を見上げると、屋上から一本のケーブルが空に伸びていた。テロ・グループが上げている有線のドローンだ。三〇〇メートルほど上空に留まり、常に、左右にぶれて飛んでいる。これが飛び回って、船体周辺を見張っているせいで、水面から船体を伝っての奇襲攻撃が出来ないのだった。

　そして周囲は、海上保安庁の巡視船、巡視艇が一〇隻近くも包囲していた。

「本省に報告せねばなりません。状況はどうですか？」

　とメモ帳を開きながら九条が切り出した。

「PCR検査の結果では、現状、感染者が乗員乗客三〇〇名ちょっとだな」

　と永瀬医師が口を開いた。

「有症状者が二〇〇名、感染率はCOVID－19

より遥かに高い。そして、重症化のスピードと致死率に至っては、COVID‐19のざっと十倍はある。すでに死者二〇名で、たぶん今日中に、二〇名は亡くなる。エボラ並の急な重症化だね、こんなに早く悪化するのは。もしこのウイルスが上陸したら、この前のようにはいかんだろう。今度は、電車も止め、外出者は、片っ端から逮捕する必要が出てくる。ここでも、死体袋の追加が必要になる」

「その件ですが、接岸しての大がかりな補給が必要になります。もう食料がありません。この船は、上海に寄港する予定で、その日の昼と夜の食事は、船外で食べてもらうことになっていた。もちろん上海でも補給するし、神戸にも寄港する予定でした。横浜は最終寄港地で、ここで、われわれ会議団を含むほぼ全員が下船し、乗組員にも休暇を与え、その間に補給し、また逆順でシンガポールへ旅することになっていた。この隔離生活で、非常用の食料もほとんど使い果たした。医薬品も積み込む必要がある。テロリストと交渉している米政府を通じて、具体的に物資の残量を突きつけて補給のための接岸を求めることになります」

「じゃあ、われわれも医薬品の残量を確認してリストを提出しよう」

「それで、その作業は最低でも夜通しはかかる。その間に、海上保安庁の特殊部隊が制圧作戦を行うという案が出ています」

是枝が、座っていた椅子を少し引いた。

「僕は外します。民間人ですから」

「いいよ、聞いとけば良い。あとで親父さんに報告する必要があるだろう」と永瀬が言う。

「ただの、生物学上の親です。今後も関わり合いになる気は無いですから」

是枝の生物学上の父親は、今、防衛政務官を務めていた。

「それで、どなたか反対はありますか？」

「エクモの搬入も認められないし、重症者を降ろす気もないとなれば、制圧作戦に反対する必要は無いだろう。連中が核爆弾でも隠し持っているというなら別だが。乗員乗客もそれを望んでいるはずだ」

「それにしても、合理性がないですよね？」

と原田が疑問を口にした。

「戦場では、捕虜だろうが負傷者は足手まといだ。しかし彼らは、自分の手で病人を殺す気はないし、われわれに対して何かの要求があるわけでもない。ただ、世界の同情を得るためなら、足手まといの負傷者はさっさと下船させた方が有利なのに、会議団の関係者ならともかく、無関係な乗客や乗員まで船上に留め置く理由がわからない」

「感染者を下船させることで、うっかり日本国内で感染が拡大することを懸念しているのかも知れない」

「どうでしょう。中国でそれなりに感染拡大が続いているとなれば、それは直《じき》に日本にも入ってくるだろうし、むしろ、欧米で拡散させて、大元の原因は中国の人権弾圧にあると指弾させた方が、有利だろうと自分は思いますが」

「なるほど。それは交渉する米側にも念押しさせます。エクモに繋げば、助かりそうな患者はどのくらいですか？」

と九条は永瀬に聞いた。

「助かるというか、時間稼ぎできるという意味になるけれどね。今すぐにでもエクモに繋ぎたい患者が、最低でも、五、六人はいる。その患者たちは、いつ急変してもおかしくない。二時間以内に全員の心臓が止まっても全然おかしくない状況だよ。たぶん全員、夕方までに亡くなるだろう。運が良くても夜は越せないな」

九条は、いちいち頷きながら英語でメモしていた。

「音無《おとなし》さんはどうですか？」

「あの人はしぶといからね。ただ、自宅療養で、さっきまで喋っていた人間が、実は肺が真っ白で、数時間で急変して亡くなったのがＣＯＶＩＤ－19だった。油断はできないよ。出来れば日に二回はレントゲンを撮りたいが、混んでいるから、皆、一日一回が限度だ。ポータブルＸ線撮影機もリクエストしたいな」

「了解です。その医薬品のリストを下さい。なるべく大げさな数字と、装置を並べて下さい。機器が揃うには数日かかるかもしれないし。その搬入が嫌なら患者を降ろせ、と交渉させます」

「じゃあ、後は、皆黙ってこの素っ気ない冷凍ものチーズケーキを食べて仕事に戻りましょう」

五藤がそういうと、率先してマスクを外し、チーズケーキをほんの二口で食べ終わった。

是枝は、ケーキを手に取り、舷縁へと移動して白い航跡が残る海を見遣った。ちょうど航跡の彼方に、アクアラインの〝風の塔〟が見えていた。遠くから見ると、洋上に帆を張ったヨットが浮かんでいるみたいだ。

「大丈夫ですよ」と原田が隣に並んだ。

「彼女は重症者の中でも一番若い。自分の体力だけで生き延びますよ」

「もし何かあったら、彼女の遺族に合わせる顔が無い。携帯も繋がっているのに、どうしてもっと早くに報せてくれなかったのかと」

「知ったからと言って、何も出来ることは無い」

「今頃、彼女のスマホには、一〇分置きに母親から電話が掛かっているはずです。電源は僕が切ったままです」

「彼女が目覚めたら、電源を入れて、家族に無事を知らせてやると良い。たぶん、しばらくは管を外せないから、意識が戻っても筆談になる」

東京側に視線をくれると、遠くで取材ヘリが数珠つなぎになっていた。だいぶ遠かった。豆粒のように見える。瞳を凝らして、ようやく、それがヘリだとわかる程度だ。

「遠いですね、あれ」

「肩撃ち式ミサイルの射程圏内には近寄るなと警告されている。あれでたぶん、ここから七キロは離れていますね。静かで良い」

「さっきの話ですが、なぜ彼らは、病人を解放しないんですか?」

「なんででしょうね……。彼らなりの合理性があるんでしょう。人質が毎日、バタバタ死んでいけば、それぞれの犠牲者の国では、政治的圧力が自国政府に向かう。その国の政府は、中国へそれなりにきつく当たるようになる。ウイグル政策を変えろとか、学習キャンプを閉鎖しろとか。でも、死人さえ出なければ、問題は、せいぜい、当事国である日本とアメリカの問題にすぎない。あるいは中国の。国際ニュースにもならないでしょう。ただだらだらと占拠状態が続くだけで。彼らの目的が、中国政府に恥を掻かせることだとしたら、それは達成できる」

真下で水音がした。二回。黒い死体袋に包まれた感染者の遺体がスロープから海面に投げ込まれたのだ。それは、真後ろに付いている巡視艇によって回収され、無人島に陸揚げされて焼かれる手筈になっていた。

在日米軍横田基地にある航空自衛隊総隊司令部ビルには、〝エイビス・ルーム〟深遠なる部屋、と呼ばれる秘密の作戦部屋が設けられていた。

航空総隊司令部の主催だが、陸海からも連絡将校が出向いて作戦を立案指揮する。魚釣島への巡航ミサイルによる飽和攻撃への対処は、ここで立案された作戦が功を奏して成功し、パーフェクト・ゲームに持ち込むことが出来た。

その戦いが深夜に片付いた後、隊員は夜明けまで待機したが、解放軍に次の動きはなさそうだと判断して、皆、仮眠室へと引き揚げて行った。お昼前まで、全員、最低四時間は睡眠を取ることが出来た。

最後に、基地近くの母親宅に戻っていた喜多《き た》川《がわ》・キャサリン・瑛子《えいこ》二佐が顔を出したのは、お昼を回っていた。

彼女が戻ったと聞いて、航空総隊司令官の丸山《まるやま》琢己《たくみ》空将が、初めてその部屋に顔を出した。背後に、海自の連絡将校を従えていた。樋上幸太《ひのうえこうた》二佐は、哨戒機乗り。福原邦彦《ふくはらくにひこ》二佐は、護衛艦乗りの装備屋だった。イージス艦で飽和攻撃に対抗するというのは、福原のアイディアだった。金銭的に高くは付いたが、結果は出した。二隻のイージス護衛艦が、垂直発射基に搭載した数千億円分ものミサイルを一瞬で撃ち尽くしたのだ。

部屋のメンバーを纏める総隊司令部運用課別班班長の羽布峯光《はぶみねみつ》一佐が、「何か問題でも？」と丸山に尋ねた。

丸山は、「問題と言えば問題だな。皆、昨夜はご苦労だった」と告げて背後を振り返ると、大型モニターに、陸自那覇基地からのライブ映像が映し出されていた。隣接する那覇軍港の護岸を離れて出港する二隻のイージス艦の姿がそこにあった。

「次があるかどうかはわからないが、護衛艦の補給は間に合ってくれたようだ。米空軍の輸送機や、民間の貨物機を使ってまで、スタンダード・ミサイルが陸続と届けられている。空自が使う空対空ミサイルもな。で、君ら、ちゃんと休んだだろうな？」

「はい。それなりに寝ました。大丈夫です！」

と喜多川の補佐役として付けられたイーグル・ドライバーの新庄藍《しんじょうあい》一尉が元気良く答えた。ここでは、彼女が一番若かった。彼女を除いては、皆、飛行隊長レベル、護衛艦艦長レベルが出席しているのだ。

「元気でよろしい。解放軍に動きがあった。福原二佐、説明を頼む」

福原は、モニターを切り替えて東シナ海の艦隊配置図を出した。リアルタイムの配置概況がそこに出ていた。ただし、潜水艦だけは映っていない。

「那覇軍港を出航した護衛艦二隻は、三時間から四時間で、それぞれの護衛隊群と合流します。動きがあったのは、中国海軍の東海艦隊です。ここに表示されているものは、シギント情報によります。三時間前ほどから、全艦隊の位置が、やや東側にずれています。時速にすると、まだ一〇ノットも出ていませんが、衛星情報でも確認できました。大陸沿岸に引きこもっていましたが、明らかに、沖合へと出ています……」

「空母もかしら？」

と喜多川が尋ねた。

「このデータには、空母の表示はありません。空母を含めて何隻か、無線封止状態で動いている模様ですが、光学衛星の観測では、明らかに空母も移動しています。位置的に、寧波と温州の中間辺り、台州市沖に展開していたのですが、徐々に南下し始めています。魚釣島まで直線距離で三六〇キロという所です。このまま一〇ノットで接近し続けたとしても二〇時間はかかるわけですが……」

「この動きをどう評価すべきかだ……」

丸山空将は、モニター脇の椅子に腰を下ろした。

「仮に、速度変わらずとしても、一〇時間後には、魚釣島までほんの一八〇キロまで近づく。増速して、艦隊速度二〇ノットを出せば、ほんの六、七時間で、ミサイルを撃ち合う距離まで進んで来ます」

と福原がスクリーンの上を指でなぞって説明した。

「さすがに、あちらもケツに火が点いたんだろう。あれだけの飽和攻撃をしてのけて、一発も命中しなかったとなれば、将軍や提督の首のひとつや二つが飛んでもおかしくない。自分があっちの司令官でなくて良かったよ」

「虎の子の空母を、そんな危険に晒すとは思えませんね。万一、一隻でも失ったら、作戦は頓挫せずとも、海軍の士気、人民の支持に水を差すでしょう。このまま威勢良く前進してくるとは思えませんが？」

と喜多川が首を傾げた。

「それで、前回は、海自のP－1哨戒機が、エアクッション艇を撃沈して、上陸部隊の数を減らしてくれたわけだが、あれは本来の命令としてあったわけではない。統幕では、いろいろ議論もあったらしい。そこいらへんのこと、そっちではどうなの？」

と丸山は、P－1パイロットの樋上に質した。

「戦争状態にもないのに、問答無用に、ミサイルを撃たれて、われわれは哨戒機とそのクルーを失いました。少なくとも、航空集団に、あの攻撃を批判する者はいません。仇を討ったまでのことです。逆にお伺いしたいですが、空将の今のお立場で、空自の戦闘機が解放軍の艦艇を攻撃したら容認なさいますか？」

「うちはそもそも、そういう事態を回避するために、対艦ミサイルは装備せずに、防空に徹している。もしF－2戦闘機を対艦装備で出撃させるとしたら、それ用の交戦法規を設けることになるだろうが、難しい判断だ。戦闘機が魚釣島沖上空にいて、真下を、島へと向かっているエアクッション艇がいるとする。撃つなとはなかなか言えない……。まあ撃っても、エアクッション艇が関の山だろうね。それを送り出す、強襲揚陸艦を沈めろなんてとても言えないし、海自のパイロットだって、沈めたのが揚陸艦なら、そんな支持は得られないと思うぞ。で、その辺りの話を弁えた上で、解放軍の狙いは何だと思う？」

「飽和攻撃失敗のリベンジであることは明らかでしょう」

喜多川が身を乗り出した。

「空母の前進はただの脅しですね。それは攻撃を受けない距離に留まり、艦載機は空母護衛に徹し、中華神盾艦だけを前進させ、その防空内で、味方戦闘機を飛ばして魚釣島への攻撃を仕掛ける。私はそれが一番無難で確実な作戦だと思います」

「だが、その中国版イージス艦が、仮に尖閣諸島に一〇〇キロまで近づいたからと言って、こちら側から攻撃は出来ないぞ。官邸からは、水上艦の撃沈は駄目だと釘を刺されている。たとえ陸上部隊が全滅してもな」

「では、台湾空軍に戦果を譲るしかありませんね。彼らなら攻撃は躊躇わないでしょうから。われわれは、台湾空軍戦闘機をサポートし、彼らの編隊を、解放軍の攻撃から守るということになりますけれど？」

「大っぴらには言えないぞ。自分たちは出来ないから、攻撃は譲るなんて」

「いつまでこんな茶番を続けるんですか？　魚釣

島の部隊が全滅した後まで、戦争なんて知らないと言い続けるんですか？」

「防衛省じゃ、日台議連の政務官殿が暴れているそうだが、あの人は、官邸には出入禁止になっているらしいし」

「じゃあ、護衛艦の一隻でも沈むまで我慢しますか？　内閣が倒れかねないスキャンダルになりますよ。攻撃は阻止出来たのに、中国にわざと最初の一発を撃たせるために乗組員を犠牲にしたと」

「うちの哨戒機が撃墜された時に、すでに似たようなことは言われましたよ。一五〇名から乗っている護衛艦を政府の都合で見殺しにしたら、内閣は倒れるでしょう」

「だが、一隻撃沈されたからと言って、防衛出動命令が出て、報道が解禁されるかはわからないぞ。政府は、それほど慎重なんだ。中国と正面から事を構えることにはな。官邸の希望はさ、尖閣で時間稼ぎしている間に、台湾が白旗を掲げるなり、解放軍が諦めて矛を収めてくれるとか、そういう状況だ。自衛隊が勝手に事態を拡大することは許されない。昔も今も、大陸での事変拡大は望まず、というところだ」

喜多川がまどろっこしいという顔で、ホワイトボードの前に立った。

「検討すべきケース・シナリオは二つです。第一に、台湾空軍が勝手に攻撃するとして、その攻撃は成功するか？　台湾側の損失はどのくらいになるか？　第二に、台湾空軍が出ない状況下で、中国海軍が魚釣島に接近した場合、何が起こるか？　容易に推測できるのは、後者です。さすがに、そのまま魚釣島の占領を見逃すというわけにはいかないから、日中両軍は、ある時点で総力戦に突入して軍艦や戦闘機がミサイルを撃ち合うことになるでしょう。ここで無傷で済むということはあり得ません。双方、五隻、あるいはもっと多くの水上艦が沈み、千名単位の戦死者を出すことになる。空でも、戦闘機一個飛行隊くらい一瞬で潰滅することでしょう。政府はそういう状況を甘受するのか？　それこそ、中国に勝利する前に、一瞬で内閣は倒れますよ。

台湾空軍がわれわれに代わって艦隊を攻撃した場合、いくら性能差があるとは言え、中国空軍の数には勝てないでしょう。台湾空軍はそこで潰滅とは言わなくとも、最新鋭機を失い、制空権を喪失することで、中国との対抗手段を失います。そこで台湾が白旗を掲げてくれればわが国政府は歓迎するかもしれないが、たぶんそうはならない。台湾は、アメリカで一生懸命ロビー活動を繰り広げ、アメリカは日本に、空自の戦力を提供せよと言ってくるでしょう。これも政治的に日本政府を追い込むことになるでしょう。何しろ大っぴらに台湾を軍事力で支援するわけですから。尖閣どころの騒ぎではない」

「そうはっきり言われると言葉もないが……」

「必要なことは、日本が戦略的忍耐を継続しつつ、敵を遠ざけ、時間稼ぎすることですよね？　何のための時間稼ぎかは知りませんが」

「そういうことになるな。私も何のための時間稼ぎかは知らんが」

「潜水艦は何処にいます？」

と喜多川は福原に聞いた。福原は、喜多川の意図を察して、そんなことをさせるのか……、という顔で、モニターの地図を指し示した。羽布は、他部隊を巻き込むなという顔だった。

「例の、〝おうりゅう〟が、恐らく、この辺りにいるはずです。魚釣島から、たぶんもう一〇〇キロ以上、北西に入っているはずです。そして大正島付近にも、二隻の潜水艦が待機しています」

「潜水艦で、接近する中国海軍の水上艦を一、二隻撃沈しましょう。官邸には、方針を曲げてもらうしか無い。それで敵の接近速度を抑制できる。彼らが怯えるようなら、中国艦隊はまた引き返すかも知れない」

「こっちから仕掛けて攻撃するというのか？　それはそれで……」

丸山も渋い顔で言った。

「〝おうりゅう〟はすでに東沙島沖でフリゲイトを一隻沈めたじゃありませんか？」

「あれはまあ、正当防衛というか、不可抗力だったんだろう？」

「潜水艦による攻撃なら、誰が撃ったかわからないじゃないですか。何なら台湾海軍潜水艦の手柄にしても良い」

「簡単に言ってくれるけどさ……」

「哨戒機乗りとして言わせてもらいますが――」

と樋上が口を開いた。

「この辺りでの攻撃は、言うほど簡単じゃない。たぶん、それが太平洋のど真ん中なら、海自潜水艦にとっては造作もないことです。しかし、場所は大陸棚です。あの辺りの深度は、ほんの一〇〇メートルしかない。いったん探知されたら、深度を下げて逃げることは出来ないし、数千トンの潜水艦が移動すれば、海面に、それなりの盛り上がりが出来る。それは合成開口レーダーでも読めるかも知れない。攻撃する潜水艦にとっては、自殺行為になる」

「なら、何のために、あんな危険な場所まで潜水艦を入れたんですか？　こういう時のために備えてでは無かったの？」

と喜多川が樋上を問い詰めた。

「まあそうだな。海幕としては、いざ中国艦隊が尖閣に押し寄せた時、警告を与えるために潜水艦を前進させた。フリゲイトの一、二隻でも黙って撃沈してやれば、後退してくれるかも知れないという目論見を持って。しかし、それで後退しなかったら？　たとえば、四隻沈めても、艦隊の接近を押し留めることができなかったら？」

「なら、六隻、八隻と沈めるまででしょう。他に手がありますか？」

「仮の話として、もし味方潜水艦が解放軍の哨戒機に追い回されるとしたら、空自は、そこまで助けに来てくれますか？」

「そうだな……」

　と丸山はスクリーンを見遣った。

「魚釣島南空域でパトロールしている編隊からは、ほんの二〇〇キロ圏内だ。作戦は立てられると思うよ。福原二佐の意見は？」

　福原は、一瞬、辛そうな顔をした。

「……敵のテリトリーです。遮蔽物のない草原で、撃ち合いするようなものです。数に囲まれたら、脱出は難しい。脱出するためには、空自が確実に制空権を確保する必要があるが、たぶんその周辺は、中華神盾艦の攻撃範囲内です。そこで行動する時に、中華神盾艦の存在を無視して、展開できますか？」

「わかっている。いろいろ詰める必要があることは承知する。だが、正直、他に名案が浮かびそうにもない。潜水艦による撃沈は、それをしなかった場合に起こるだろう事態に比べれば、わが国にとっても自衛隊にとっても一番ましな選択のように思える。その線で、君らは引き続き、攻撃後の潜水艦の防衛に関して作戦を練ってくれ。意見はあるかね？　班長？」

「うちの意見として、これを海幕に提案するわけですよね？　向こうはたぶん、どうしてそれをF－2戦闘機でやらないんだ？　と言ってきますよ」

「うちでそれをやるとなると、三個飛行隊は繰り出す羽目になるよね。事実上の宣戦布告になる。中国がどう受け取るかはともかく」

「しかし、潜水艦で仕掛けても、明らかにわが国領海外で奇襲攻撃を仕掛けることになります。これはどの道、宣戦布告になりますが……」

「それは、謎の攻撃だな。わが国潜水艦による攻撃ではない！」

丸山はきっぱりと言ってのけた。

「私は、統幕に提案してくる。政府の基本方針も変えてもらう。福原君、ちょっと――」

二人は連れだって出て行った。

「私、何か拙い話を持ち出したかしらん？」

と喜多川は樋上に振った。

「いえ。任務の困難さはともかく、あそこに潜水艦を置いているのは、少なくとも海幕には、自信があってのことでしょうから。ただ、気をつけるべきなのは、中国の潜水艦だって、同様のリスクを冒すことでしょう。どんなにオンボロ潜水艦でも、われわれと同じことを考えて、こちらを攻撃し、圧迫して後退させようと仕掛けて来る」

「でも、うちの哨戒機はそれを見つけられるんでしょう？」

「もちろんです。ただ、哨戒機が進出できる限界がある。水上艦部隊がそっちへ出るという状況を想定していない。魚釣島よりほんの五〇キロ北に、敵の潜水艦が潜んでいたら、こちらにも為す術はない。そういう状況にならないことを望みますけどね。班長殿は反対ですか？」

羽布は、極力感情を押し殺した態度で、「難しいね」と応じた。

「陸自から提案されるならともかく、同じ攻撃能力を持つ空自から、そっちでやってくれと言われて、海自はいい気はしないだろう。だが、政治的算段で考えるなら、それを戦闘機を繰り出して大がかりに仕掛けるのと、潜水艦でこっそり仕掛けるのは、意味合いが違うよね。中国海軍は、日本の潜水艦の恐ろしさを知っている。われわれが、その気になったらいつでも空母を沈められるんだという意思を示すことに、政治的な意義はあると思う。いろんな意味で、気分の良い作戦ではないが、支持せざるを得ないね。全く喜多川君は、この手の作戦を立案させたら天才だね……」

「ほんの一時間も話していれば、誰かが言い出しますよ。時間の無駄だから、私が憎まれ役を買って出たまでです」

「でもさ、もし万一のことがあって、味方潜水艦が撃沈でもされたら、寝覚めが悪い程度じゃ済まないぞ。自分の一言で、七〇名近くもの乗組員を東シナ海の藻屑にしたとあっては」

「ばかばかしい。われわれ、戦争しているんですよ？　米軍さんがしつこく言う戦場での意思《ディシジョン・》決定《メイキング》って、そういうことじゃないんですか？　彼ら、特攻任務はしないとは言っても、より多くを救うために、少数の犠牲を強いる作戦はしょっちゅうやって来たわけで」

「わかっている。たぶん、その〝おうりゅう〟の脱出には、われわれもディシジョン・メイキングを強いられることになるだろう。海自が作戦を躊躇わずに済むよう、しっかりとエスコート作戦を練ろう。ウィッチ、何か言いたげだな？」

　ウィッチこと新庄一尉は、さっきから尊敬の眼差しで隣の喜多川を見遣っていた。

「はい。やっぱり、発想が日本人離れしてますよね。忖度と謙譲がモットーの日本人にはない性格です」

「真似するんじゃないぞ。彼女だから許されるんだ。生粋の日本人がやってみろ。たちまちムラ社会の論理に潰されるぞ」

「勝てば良いのよ、ウィッチ。組織の中では、たとえ負け戦になっても、全体責任だから個人の責任が問われることはない。誰も傷つかず、責任も取らずに済む。それが日本社会。旧軍から続くムラ社会の悪しき伝統。でも、ビジネスでも戦争でも、勝たなければ意味ないでしょう？　私たちは、勝つためにここにいるのよ」

「賛成！　大賛成だね」

　と樋上が支持した。

「さっさと掛かろう！　想定される敵航空戦力と、こちらが繰り出せる戦力。中華神盾艦が出て来た場合の対応策も練らなきゃならない。中国艦隊の接近を阻止し、味方潜水艦の脱出を確実に援護する。やることは多いぞ」

　潜水艦の脱出には、それなりの時間を要する。結果として、こちらの制空域を半日かそれ以上、拡大する必要があるだろう。言うほど簡単では無いことは、明らかだった。


　東海艦隊旗艦075型強襲揚陸艦二番艦〝華山《ファーシャン》〟（四〇〇〇〇トン）の旗艦用司令部作戦室では、ゆっくりと後方に遠ざかっていく、初の国産空母〝山東《シャンドン》〟の姿を、皆が名残惜しげに見詰めていた。心細さは否めない。だが、見えなくなるだけで、艦隊行動から外れるわけではない。

　ほんの少し、距離が離れるだけだ。東海艦隊参謀の馬慶林《マチンリン》大佐は、自分にそう言い聞かせた。この揚陸艦自体、十重二十重に守られている。ステルス戦闘機のF‐35部隊でも出て来ない限り、この艦の二〇〇キロ圏内に近づくのは不可能だった。

　F‐35戦闘機がどこまでやれるのか不安はあっ

たが……。

東海艦隊司令官の唐東明《タンドンミン》海軍大将（上将）が、巨大なスクリーンを前にして、背後で腕組みして立っていた。背中合わせに、本艦の戦闘情報統制室《CIC》もある。その辺りの作りは、アメリカの軍艦をお手本としていた。

「馬大佐。どうしても君が不安そうな顔をしているように見えてならないんだが？」

「はい。精神状態が顔に出る性格でして」

「君が立案した作戦でそれは困るな」

「付け焼き刃の作戦です。問題点を潰し切れたとはとても言えません。いったん何処かで綻びが出たら、あっという間にボロボロになるでしょう」

「空軍の戦闘機は、万全の態勢で上空を警戒している。少なくとも、台湾の戦闘機が接近できる余地は無いし、日本は、今以上政治的冒険はしないだろう」

「それは何とも言えません。日本の動向は、あまりにも大きな変数です。何より、潜水艦は怖い」

「こんな浅い海で、通常動力とは言え、日本の大型潜水艦が自由に行動出来るとは思えないが」

「間違い無くいます。われわれが向かう先に。動かなければ良いんですよ。ただ通り道に潜んで、じっと待てば良い。われわれが近くを通るのを……」

「大佐が入れ込んでいる、例の哨戒機でも発見出来ないと？」

「動いてくれなければ無理ですね。それも、それなりの速度でないと。敵はたぶん、攻撃後、脱出を図るでしょうが、その時しか見つけられない。ということは、この艦隊の何隻かが攻撃を受けた後ということになります」

「仕方無いな。空軍は、もう百機前後の戦闘機や攻撃機を失った。われわれも犠牲を払わずにとい

うわけにはいかない。そもそも、部隊上陸時には、釣魚島の島影が見える距離まで接近したじゃないか？」

「あの時は、一時的とは言え、制空権を確保出来ました。その為に空軍は大きな犠牲を払った。あんな無茶はもう二度とは出来ないでしょう。やるとしたら、台湾上陸時のみだ。一五ノットで、ほんの七時間も走れば、釣魚島と大陸沿岸部の中間地点に達します。日本の戦闘機はそこまでは来ません。しかし、われわれが空軍としっかり連携しているという状況を誇示できなければ、日本はつけ込んでくるし、空の状況に関係なく、潜水艦は仕掛けて来ることでしょう。南海艦隊が日本の潜水艦に翻弄されたことを忘れるべきではありません」

「もちろん、あの大胆さは見習いたいね。ああいう攻撃が出来る艦長と乗組員なら、相当の無茶はしてのけるだろう。かと言って、われわれもいつまでも引きこもっているわけにはいかない。危険は承知の上だ」

「何隻までなら耐えられますか？　失う軍艦が何隻までなら、その作戦を続行する価値があるか？もっと言えば、戦争を続行する価値があるかです」

「それは、オペレーションズ・リサーチが専門の、君の仕事だよね？」

「軍事的なリスク計算は出来る。けれど、政治的リスクという最大の要因は数学では計算できません。たとえば、味方が五隻沈んでも、敵を一〇隻沈めたら、それは勝利と言えます。でも、昨夜みたいな一方的な戦いで、犠牲を出したら、政治的には耐えられない。仮に、今夜、味方を三隻沈められて、敵潜水艦一隻しか仕留められなかったとなれば、政治的リスクは増します。ましてや、そのたった一隻の潜水艦も撃沈できない可能性もある」

「大佐の心配性が、この艦隊を守ってくれると信じているよ」

艦外モニターでは、周囲に固まっていたフリゲイトや駆逐艦がどんどん遠ざかっていく。そうやって、艦船の間隔を広げていくのが艦隊行動の基本だった。それが基本だとはわかっていたが、中国海軍はこの手の艦隊行動を取ったことはほとんどないのだ。そこまで伸び伸びと展開できるような広い海で活動した経験もなかった。

唐提督も、若干の不安は隠せなかった。だが、この作戦に関して言えば、賽《さい》は投げられたのだ。地上部隊が、釣魚島を制圧するか、艦隊がボロボロになるまでやり抜く覚悟だった。たかが二、三隻、あるいは五、六隻沈められた程度では、撤退は無かった。

必ずやり遂げる覚悟と必要があった。そして、さっさと尖閣での戦いを片付け、台湾攻略に集中するのだ。

第四章　稜線攻略

宋勤《ソンチン》中佐は、賀宝竜《ホヲバオロン》兵曹長（一級軍士長）を従えて、日本部隊と解放軍部隊の中間線やや解放軍寄りの〝北岬〟に出ていた。

木陰の下で、賀兵曹長が、手書きの地図を広げて見ていた。日差しはすでに傾いている。沖合に味方の船はいなかった。時々、エンジン音が聞こえて来るが、日本の哨戒機であることがわかっていた。戦闘機のエンジン音は久しく聞こえない。あとは、ブーンというドローンの音だけだ。微かだが、たまに聞こえる。恐らく、スキャン・イーグル偵察機だろうと思われた。

雲は張っているが、時々、日差しが差して木漏れ日となっていた。

「曹長は、タブレットは使わないの？　あれ、衛星から起こした詳細なデータが入っているんでしょう？　無限に拡大して、木々の一本一本まで見えるとかの」

「いざ、現場に入ってみると、使いものになりませんね。そんなのより、兵が自分で歩いて持ち寄る情報で描く手書きの地図の方が確実です。それに、まだしも日本の国土地理院の等高線入り地図の方がましですよ」

宋中佐は、双眼鏡を構え、小枝の隙間から山側を観察した。

「あの〝大渓《おおたに》〟の南側、ほとんど絶壁だよね」

「はい、最大で四〇メートルくらいの絶壁ですね。アマゾンのテーブル・マウンテンみたいな地形です。地質的に一枚岩というわけではなさそうですが、外観は一枚岩ですね。それが釣魚島の最高峰にどっかと被《かぶ》さっている。その東側、つまり左手に、その〝大渓〟の源流が一本流れています。部隊を二手に分けて、崖の直登班と、源流班に分けます」

「うちの部隊は、そもそも海南島が本拠地だけど、岩登りとか出来るの？」

「中佐が部隊を離れている間に、そういう訓練も始めました。それがきっかけで、クライミングを始めた連中もいます。源流班も、最後はほとんど直登になる」

「上から、まる見えだね？」

「天気はまた傾きそうですが、それは仕方無いですね。ただ、利点もある。あの岸壁は、島の西側の稜線上か、あるいは真上からしか攻撃できない。敵がそこに姿を見せれば、下から狙撃できます。源流班は、しばらくはジャングル・キャノピーの下を移動出来る。問題は、敵が迫撃砲弾の類いを使ってくるかどうかですね」

「あるいは戦闘ヘリか……」

「そうですね。来ないことを祈ってますよ」

「さっき、雷《レイ》大佐と話していたんだが、中印国境方式で決着を付けるというのはどうだろうね？」

「あの、国内で選抜した格闘家を揃えて、飛び道具禁止で決闘させるという奴ですか？　インドはそれに応じたから、という理由で日本が応じてくれますかね……」

「鉄砲の弾で兵隊が死ぬよりはましだ。しかし、登山道具なんてロープくらいしか持って来ていないだろう？」

「いえ、エアクッション艇に乗っていた部隊の装備として一式揃っています」

「砂岩だよね。基本的には、砂岩地質だと思うが」

「ええ。たぶん、岩肌はボロボロです。この山は、もう数百年も経てば、一〇〇メートルくらい低くなるでしょう。すでにあちこち崩落している。でも似たような景色は、海南島にもありますよね。あっちよりだいぶ涼しいですが。大丈夫です。皆心得ています」

「稜線部隊はすでに登り始めている。今回は、あちこちに援護用の部隊を置いての登攀《とはん》だから、前回よりは上手く行くだろう。われわれも取りかかろう！　両方、登りきれば、稜線上を西へと押して行ける」

　一個小隊で上陸した〝蛟竜突撃隊〟も、今では二個分隊しか残っていない。それも生き残った面子で再編成しての二個分隊だった。恐らく、ここから生き延びて無事に帰れるのは、ほんの数名になりそうだと宋中佐は思っていた。だが、最終的に勝利を得られれば、その犠牲は報われる。

「では、中佐、上でお会いしましょう！」

「賀さんも登るの？」

「意外に楽しいですよ。無心になれる」

「帰ったら、北京のクライミング・スクールでも探すよ。私は、テロリストが立て籠もるビル壁を懸垂下降するだけで十分満足だ」

　登山装備の兵士たちがすでに前進を始めていた。あの岩肌を狙える場所はいくらでもある。そこを下から応戦して黙らせることが不可欠だった。できれば、攻撃の意図をはなからくじけるよう、圧倒的な火力で制圧できるくらいでなければならない。その手筈は、雷炎《レイイエン》大佐が整えてくれるはずだった。

　宋中佐も、源流を登るために出発した。

雷炎大佐は、稜線ルートを登る部隊を途中まで見送ってから指揮所に戻って来た。

「朗報がひとつあるぞ。東海艦隊が南下を開始したらしい。せめて戦闘機が突っ込んで来て爆撃できる程度の制空権は取ってくれそうだ」

姚彦《ヤオイエン》少将が、少し明るい顔で言った。

「参謀長、率直な意見を交換しませんか?」と雷炎は珍しく万仰東《ワンヤントン》大佐に呼びかけた。

「望む所だ。何にせよ、君は結果を出して来た。われわれの作戦はうまく行っているとは言いがたいが、君の貢献がなければ、われわれはとっくに全滅し、今頃、台湾の傀儡《かいらい》どもに『とある無人島から敵を掃討した』と宣言されていたことだろう」

「仮の話、一瞬でも制空権を奪取できるなら、戦闘機と一緒に、兵士の増援を要請すべきです。そもそもこの作戦は、倍の兵力が上陸する予定だったのに、エアクッション艇が撃沈されて、それが出来なくなった。われわれは本来攻略部隊の援護役だったのに、今は単独で戦っている。敵は制空権を持ち、その気になれば、好きなだけ増援を送り込める。それをやらないのは、この程度の敵なら、現在の戦力で押さえ込めると判断しているからです。仮にわれわれが、島の西端に立て籠もる部隊を一掃できたとしても、日本は、この辺りを砲爆撃して更地にした上、今度は、この西端に部隊を上陸させてくるでしょう。一方、われわれが逃げ込む西端は、台湾側だ。台湾は、好きなだけ戦闘機を繰り出して爆撃してくる。日台両軍を制圧してなお、島の全域に立て籠もれる程度の兵力は必要です」

「増援の話は、ずっと要請はしているよ。海軍は、一時、潜水艦での増援を検討したらしいが、日本の哨戒機が、島の北側だって自由に飛んでいる状況だ。これでは無理だろう。水上からも無理。空中から輸送機で空挺兵を送り込むしかないが、ほんの一機撃墜されるだけで五〇名からの兵士が戦死する。武器弾薬の補給すら遣《よこ》さない連中だぞ。空挺兵を望むのは、現状では贅沢だろうな」

「では、全滅しますか？　やはり全滅を偽装しましょう。仮に、稜線を制圧できたとしても、裾野伝いに攻略できる部隊は、中隊に満たない。せいぜい、二個小隊も投入できれば良い方でしょう。敵もその程度の数は残るだろうから、兵力としては互角だが、われわれは、敵が数日掛けて構築した防御線を突破して攻めなければならない。勝ち目は薄いですよ。そんなことは、現場でなくとも、司令部で状況を観察している連中にもわかるでしょう」

「稜線から下る部隊もいるじゃないか？」

「身を隠す場所も無い。降りる所を、藪の中から蜂の巣にされるだけです」

「稜線攻略は、そもそも君の発案だろう？」

「ただの時間稼ぎです。それも犠牲を払っての。普通に考えれば、現状でわれわれに勝ち目がないことは、能力では無く世渡りだけで出世したどんなバカにでもわかる」

「沖合に、味方の艦艇が現れれば、艦砲射撃で……」

「そんな景気の良いことが起こると思いますか？　それは、日本の戦闘機も護衛艦隊も全滅した後ということになります。そもそも、そんな状況を米軍が黙ってみているとも思えない。提督、この島を占領したいのであれば、兵力の増強は不可欠です」

「わかった。正直、天才軍略家の君がそんな弱音を吐くことに驚くが、指摘している事実はその通りだ。上申書を書いてくれ。東海艦隊と司令部へ送る。望むものが得られるかどうかはわからないが。上としても、われわれの全滅を待っているわけでもないだろうから、結果が欲しければ、それなりに手は打ってくれるだろう。大勢の兵士を預かる身だ。私とて、こんな所で無駄死にする気は毛頭無い。勝って、兵士を連れ帰る。こんな状況だがな……」

と提督は、モニターに視線をくれた。

本来なら、ドローンが送って遣す上空からの監視映像が映っているはずだが、どのモニターも死んでいた。ドローンは、飛ばすそばから撃墜された。参謀長が、「砲弾並みに余計な数を持って来た」と批判したそのドローンは、もうほんの数機しか残っていない。いざという時しか使えなかった。それに対して、敵のドローンは、こちらを嘲笑うかのように羽音を響かせて飛んで来る。明らかに兵士の士気を下げていた。敵の目的も、監視ではなく、こちらの士気を削ぐことなのだ。効果は絶大だった。

羽音が聞こえる度に、びくっと立ち止まるのだ。いや立ちすくむと言って良い。

自分らは、同じことを東沙島で、林に立て籠もる台湾軍に対してやってのけた。その報復を受けているみたいだった。

島の反対側に陣取る土門は、スキャン・イーグルが送って遣す映像を見ていた。スキャン・イーグルは中高度用なので、さほど高度を下げることはないが、敵を圧迫するために、時々わざと高度を落としていた。

モニターの反対側に、アイガーこと吾妻大樹《あづまだいき》三曹が製図した特製の地図が貼られていた。差し渡し三メートルはある。地形の特徴を良く捉えた鳥瞰図になっている。今は、台湾軍海兵隊から提供された、秘密のアジトの場所も記入されている。彼らは、海保の巡視船が包囲しているこの島に、定期的に潜入してはサバイバル訓練をしていたのだ。

ガルこと待田晴郎一曹が蛍光ペンで、発見された解放軍の進撃ルートを書き加えた。

「東端の稜線伝いに登り始めたのは、二個小隊。たぶん途中で援護に配置される部隊もあるから、最終的に稜線上に現れるのは一個小隊でしょう。そして大渓沿いに源流を上ってくるのが一個分隊。壁を登っているのが一個分隊……」

「問題は何だ?」

「今回は、昨日の狙撃に懲りて、敵もそれなりの態勢で掛かって来ている。稜線上での殴り合いは、双方、犠牲を出すだけです。だが、その時、側面や後方から援護があるとなると、こちらが不利になる。源流を伝って登って来る連中は、上から撃ち降ろせば良いが、この壁を登って来る敵はやっかいですね。この連中を狙撃するには、主稜線から肋骨みたいに伸びる枝部分の稜線を下る必要がある。そこを下る場面を敵に見つかれば、下から十字砲火を浴びるでしょう」

「岩棚の真上に出て、撃ち降ろすのはどうだ?」

「敵もそれに備えて、下から見張っているでしょう。銃口を出した途端に撃たれますよ」

「上から手榴弾の束を投げる手もあるが、何処で爆発するかはわからない。クレイモアなり、爆薬を紐に付けて投げるのはどうだ? 岩壁が吹き飛んでそれなりの効果があるだろう」

「頭上から石礫が飛んで来るだけですよ。言って見れば、路面に匍匐している兵士の前で爆発が起こっても、確実にキルできるわけじゃない」

「じゃあ、数で脅すしか無いな。手榴弾を一個一個ロープに結んでしつこく投げるしかない。どれかは当たるだろう。向こうは、登攀の途中から反撃はできないんだからな」

「もうひとつ手があります。この岩棚は、島の東側ですが、ここから裾野を攻め立てて、制圧しつつ、崖が見える場所から銃撃するという手もあります」

「手数が足りないだろう。向こうも似たようなものだとは思うが。うちが得意とするアウトレンジ戦法は採れないか……」

「地形が複雑ですからね。稜線を取ったと言っても、登って来る場所はあちこちにある」

「そうだな。姜三佐、意見は？」

「行ってよろしいですか？　この数には、全戦力を稜線上に上げる必要があります」

　姜三佐は、少しそわそわした態度で言った。装備を身につけて、確認していた。

「了解した。下は、台湾軍とOB部隊で守る。迫撃砲分隊もいることだし、有効な援護が出来るだろう。行ってこい！　援護する。弾はあるんだ。撃ちまくれ」

　姜三佐と入れ替えに、萬田斉元一尉が顔を出した。

「敵が崖を登って来るんだって？」

「ええ。ほぼ垂直で、こちら側からだと、迫撃砲でも狙えないですね。たとえ誘導砲弾でも」

　萬田は、スキャン・イーグルの映像を確認した。

「なるほどねぇ……。狙えないと思うだろう？」

「無理でしょう。だって迫撃砲弾の放物線では、岩棚の陰になるんだから」

「この前のハマスとイスラエルの戦争を覚えているか？　ハマスの迫撃弾もなかなか賢くなって、アイアン・ドームが狙えない低軌道をミサイルみたいに飛んで落ちて来たりするんだ。それに対して、イスラエルはさ、ハマスの拠点を、誘導砲弾で狙い、ビルごと制御崩壊させた。あれは凄かったよね。三方をビルに囲まれているのに、まるで計算され尽くしたビル解体みたいに、一方向にビルを倒して崩落させるんだから。最近の誘導砲弾はそういうことが出来る」

「つまり、迫撃砲弾をいったん海側へと出した後に、軌道を変えて山側へと向かわせ、壁に命中させるんですか？」

「そう。なんなら落下速度も少しなら制御できる。進入する方位と角度さえ調整すれば、こちら側から完全に死角になっている敵も攻撃できるぞ」

「一発だけお願いします。全滅は望まない。敵が、あのルートを断念するだけで結構です。でも、風を読む必要も無いんですよね？　大砲屋は商売あがったりだ」

「いやぁ、昔から誘導砲弾ってのはあったが、全然普及しなかっただろう？　砲撃戦てのは、ミサイルより安価な無誘導弾を大量にばら撒いて面を制圧することに意味がある。それが、ミサイル並のお値段になっちゃ、そうおいそれと使えるものじゃない。陸自はたぶん、正式装備にはしないだろう。まだ、ドローンに吊り下げて落とした方が安上がりだ。あっちは容易に撃墜できるけどな」

「とにかく、お願いします」

「ガル、ＧＰＳデータと、お前さんが望む爆発高度の情報を送ってくれ」

「了解です。二分で出します――」

　二分後、島の南西斜面から、八一ミリ迫撃砲によって、次世代能力型長射程砲弾《ACERM》が一発だけ発射された。

　それは、島の稜線を超えて北側海岸線に達すると、くるりと向きを変えて南側へと落下し始めた。

　そのポン！　という砲撃音は、山陰に阻まれて、北側に届くことは無かった。

砲弾は、待田が指示した通りの座標と高度で爆発した。岩壁にへばり付いていた兵士の背中、二〇メートルの空中で爆発した砲弾は、その爆風と破片で岩壁を叩いた。脆い砂岩の壁が砕け、無数の凶器となって兵士を襲う。

トップを取っていた兵士が、爆風に吹き飛ばされ、ロープごと宙に舞った。落下の荷重に耐えられず、カムが一瞬で外れ、下に続いていた兵士が巻き込まれる。

あっという間に、三人の兵士が団子状になって三〇メートル下のガレ場に叩きつけられた。岩肌に取り付いて無事だったのは、ほんの二、三人だった。

賀宝竜兵曹長は、カラビナを付け替えていた所で助かった。だが、視界は真っ黒で、大量の瓦礫が、まるで滝のように降り注いで来た。一瞬意識が遠のいた。ただ必死に岩場にしがみつくしか無かった。意識が戻った時、何かが燃える刺激臭が鼻を突いた。そして、額から血が滴り落ちて眼に入る。

兵士が折り重なるように倒れている地上に降りると、背中のザックに砲弾の破片が突き刺さって煙を上げていた。ＦＡＳＴヘルメットにも小さな破片が刺さっている。その先端が皮膚を切り裂いたのだ。幸い頭蓋骨までは達していなかった。

何が爆発したのかわからなかった。岩棚の上から何かを投げ込まれたのかも知れない。賀は、やむなく撤退を命じた。

まだ下にいた兵士らと犠牲者を担いで、急斜面を撤退した。いったい何が起こったのか、さっぱりわからないままの撤退だった。


土門は、その様子をスキャン・イーグルで覗いていた。

「ガル……。過剰殺傷《オーバーキル》だぞ。驚かせる程度で良かったんだ」

「そこまでの加減は無理ですよ。壁にへばり付いているんです。あの状態では、手榴弾程度の爆発でも、落ちる時は落ちるもんです」

「よし、次は、源流ルートを潰すぞ。西正面の稜線はどうなっている?」

「NGSWを持った福留《ふくとめ》分隊が、ちょっとした要塞を築いて待機しています。でも敵が多い。さっきみたいな支援砲撃が欲しいですね」

「あの辺りの痩せ尾根は、一メートルの幅も無いだろう。迫撃砲で狙うのは無理だ。銃撃で押し潰すしか無いな。むしろ、下から援護で撃ってくる連中を潰してもらえ」

この手の戦いは、先に陣取った側が圧倒的に有利だ。それをひっくり返すのは、砲撃だのミサイルだのが必要になる。敵もその程度の備えはしているだろうが、使われる前に潰すのが肝要だった。

宋中佐は、右手後方で鳴り響いた爆発音に嫌な予感がした。たったの一発というのも気になる。だが、今は自分が率いる分隊の登攀に集中するしか無い。

登りきった涸れ沢に水が流れた跡はあったが、小さな溜まりで、新鮮なわき水を補給する余裕はあった。斜面はますますきつくなり、壁に近い状況で、ここから稜線の枝部分に取り付くためには、まず水平移動して登攀ルートを決定しなければならなかった。

幸い、ジャングルが深く、ドローンで覗かれる心配は無い。だが、時間を潰すわけにも行かない。身軽な兵士にロープと九〇度に折りたたんだ軍用シャベルを持たせて、強引に壁を登らせた。

　姜三佐は、三〇キロ近い装備を身につけた状態で、高度差三〇〇メートルを登りつつ、距離二キロの稜線を西へと急いだ。コマンドが行き交うせいで、その稜線上にはすでに登山道が出来ている。危険な場所、迷うような場所には、黄色いロープが張られていた。

　敵に備えて、要所要所に伏兵も潜ませている。彼らが潜む場所を避けながら、前へ前へと走った。

　途中、視界が拓けると、水平線を遠くまで見渡すことが出来た。北側には船影は一隻も見えない。南側、つまり琉球列島側には、海上保安庁の巡視船が二隻、喫水線の辺りまで見えている。この高度から見える水平線の限界は六〇キロ前後。ここから二〇キロの辺りだろうかと見当を付けた。

　ただ、雲はそれなりに厚く、またいつ降り出してもおかしくない空模様だ。水蒸気のせいで、その六〇キロ向こうの水平線の辺りはぼやけている。北の空を見遣ると、雲の隙間から陽光が斜めに降り注いでいるのがわかる。日没までそう時間は無かった。

　日本部隊が陣取る島の最前部は、比較的土地があった。岩棚の南東端に当たる、木々に覆われた場所だ。そこに、下から運んだ土嚢が積まれていた。厚さ二メートル、高さ一メートル。海砂を詰めて下から全員で運び上げたのだ。もちろん、上からバラクーダ・ネットを張ってその土嚢の壁自体、隠してあった。銃眼からは、東端から登って来るための、逃げ場の無い痩せ尾根を見渡せる。その銃眼には、分隊支援火器のシグ・ザウアー社製の次世代型分隊支援火器《NGSW》が据え付けてあった。米海兵隊は、分隊支援火器として、アサルトと口径が同じM27分隊支援火器を使っているが、米陸軍は、六・八ミリ口径の分隊支援火器を欲しがっている。シグ・ザウアーのそれは、最有力候補だった。

姜三佐は、腰を屈めながら、「お待たせ！」とその陣地に潜り込んだ。

「敵の動きは？」

「三〇分前から止まったままです。たぶん、下に配置した部隊の準備が整うのを待っているんでしょう。あるいは側面の陽動班が登りきるのを」

チェストこと福留弾《ふくとめだん》一曹が、地面に腹ばいになり、陣地の奥から双眼鏡で前方を覗いていた。

「この土嚢、よく運び上げたわね」

「前方に配置したんで土嚢袋が見えなくなってますが、実は半分は、台湾軍海兵隊が何年も掛けて運び上げたものです。藪の中に巧妙に隠してあった。訓練でここに潜入する兵士は、体力錬成も兼ねて、土嚢をここまで担ぎ上げることになっていたそうです。読みが良い。彼らはここで睨み合う状況を想定していたんですから」

「クライミング・ルートを登っていた敵は潰しました。源流を登っている連中はどこに出てくるのかしら？」

福留は、右手を真っ直ぐ前に伸ばし、左へと振った。

「ここから左三〇度、三〇〇メートル前方の尾根です。すでに、それを支援する地上部隊が、尾根手前の谷筋に入っています。こちらが発砲すれば、下から撃ってくることでしょう。ブッシュの下から打ち上げてくるので、命中率は低いが、潰すとしたら、迫撃砲が欲しいですね。原田小隊の二個分隊が配置に就いています。登ってる敵は、最初は分隊規模なので、それを潰せるかどうかです」

「ここは大丈夫かしら？」

「前線の後ろから飛び道具でも飛んで来ない限りは前回同様に支えられます」

「では、お願い。弾はあるから撃ちまくれという命令です」

「ああ、それ良くないな……」

　と福留が舌打ちした。

「あの人がそういう景気の良いことを命ずる時は、だいたい死亡フラッグですよ。状況が悪化する兆しだ。縁起が悪い」

「それ言わないのよ。これでも部下を安心させようと気遣っているんだから」

　姜は、匍匐したまま一八〇度向きを変えると、その陣地を出た。良い作りの防御陣地だった。稜線上にあるわけではない。稜線から僅かにずれた林の中に作ってある。しかも、今敵が登って来る源流ルートからは全く見えないのだ。ただ東から稜線を登って来る敵と対峙するためだけの陣地だ。恐らくこれも、台湾軍から事前に示唆を受けたのだろう。

　せめて、政府がわれわれに魚釣島への潜入訓練を許可してくれれば、自分たちにもこの程度の準備は出来たのに、と姜は思った。

　後ろに下がってから林の中を移動すると、部隊全体の指揮所がバラクーダ・ネットの下に作ってあった。指揮所といっても、隣り合うハイマツの枝と枝の隙間に設けただけの広さしか無い。天井も一メートルの高さすら無かった。

　そこに、全体を指揮するファームこと畑友之《はたけともゆき》曹長が胡座《あぐら》を組んで座り、タフパッドで、スキャン・イーグルの映像を確認していた。

　そばには、衛星送受信用のスパイダー・アンテナが立っている。

「状況は？」

「原田小隊の三個分隊のうち、指揮所要員としての一個分隊を下に残し、残る二個分隊全員が周囲に展開しています。つまり、このテーブル状の岩場にです」

畑曹長は、タブレットの画面を配置図に切り替えた。

「リザード&ヤンバル組は、崖の西南端、姜小隊のニードル&ボーンズ組は、ここからほんの三〇メートル前方で、稜線上の敵を狙います」

「ここは、下からのアクセスは無理なのよね？」

「必ず崖を登る必要があります。最短でも二〇メートルの脆い壁を登らなきゃならない。別途、ドローンも飛ばして下で監視しているので、それを誤魔化して辿り着くのは無理です」

「狙撃チームが孤立しないよう、〝フランカー〟も配置している？」

「はい。近くにいます」

フランカーとは、最近流行の、二人ひと組の狙撃チームを背後で安全確保する三人目の狙撃メンバーのことだった。

「私は何処に行けば良いかしら？」

「ニードル&ボーンズ組のサポートに回って下さい。フランカーとしてシェフを付けています」

姜三佐は、枝を揺らさないよう、ゆっくりと前方に出た。途中、シェフこと赤羽拓真《あかばねたくま》三曹がニーリング・スタイルで警戒していた。ギリースーツ姿で、何かの木に蔓が絡んでいるようにしか見えなかった。

シェフが、グローブを嵌めた手で、狙撃班が潜む場所を指し示した。もう五歩も前に出ると、そこそこ視界が拓けて、向こうの稜線が見えて来る。ということはつまり、向こうからもこちらが見えるということだ。

姜はふぅ……と小さく息を吐いて、両手にM32A1グレネード・ランチャーを持ち代えると、肘から地面に突いた。銃だけで五キロもあるのだ。それを担ぐのが小隊長の義務だった。匍匐前進し

てゆっくりと前方へと出る。

狙撃手二人は、ギリースーツに身を包んで潜んでいるはずで、これも何処にいるのか全く確認できない。

だが、スポッター役のボーンズこと姉小路実篤《あねこうじさねあつ》二曹が、ゆっくりと左手を上げた。まるで地面そのものが盛り上がったかのような錯覚を受けた。彼らは、ギリースーツの上から、その場の地面を再現して頭から被っているのだ。

ハンドシグナルで、左へ五メートル、前方へ七メートル。それ以上出るなと命じていた。

まるでカタツムリのような速度でゆっくりと前方に出る。すると、土嚢を積み上げた銃座が作ってあった。視界は良くないが、引き金は引ける。そこから一〇メートルも進むと崖だ。

狙撃手とは、ほんの十数メートルしか離れていないが、その巨大な岩棚の表面が海側へ斜めに傾いているせいで、狙撃チームからは右手の主峰稜線は見えない。だが、左下側の、源流伝いに登って来る稜線は良く見えるだろう。

ニードルは、またヴィントレス狙撃銃を使うはずだ。射程ぎりぎりで、しかも真下は谷、ヴィントレスといえども発砲音は谷間に谺《こだま》することになる。だが、マズル・フラッシュはほとんどないし、敵はしばらく何処から撃たれているかまごつくことになるだろう。

姜三佐はＭ32Ａ1を自分の右側に置き、その瞬間に備えた。


仕掛けて来たのは、中国側だった。稜線の手前から、ポンポン！　とグレネードの発砲音が響いてくる。対人榴弾かと思いきや、白燐弾だった。しかもたいして狙っていない。ただ、この林の中に着弾するように白燐弾を撃っていた。

風はさしてない。海側の平野部と、稜線の向こうから打ち上げてくる。その白燐弾の多くは、岩棚の北側に着弾していた。白煙が拡がり、岩棚を這うように南側へと這い上がってくる。徐々に視界が奪われて行く。

良い作戦だと姜は思った。自分たちでもこうするだろう。暗視ゴーグルを装着してみたが、一部に対IRスモークが混ざっているようだった。

やがて、敵が実弾を撃ってくる。銃弾がヒュンヒュン！　と頭上を駆け抜け、小枝をバシッバシッ！　とへし折っていく。特に、稜線上の真正面に銃撃が集中していた。

それが収まった瞬間、敵集団が痩せ尾根を疾走してくる。ウォー！　という雄叫びを上げながら向かって来た。

チェストが陣取る防御陣地の辺りは、白煙に包まれてもう真っ白なはずだ。視程は一〇メートルも無いだろう。

だが、味方の射手は、事前に計算していた通りの軸線で射撃を開始した。二挺のNGSWが同時に火を噴く。箱形マガジン・ボックスを装着し、マガジンを撃ち尽くすと、今度は、ベネリのM3ショットガンが、その白煙の中へと連射された。

だが、マガジン交換の必要はなかった。何か重たいものが、斜面を転がっている音が、ドサッドサッ！　と繰り返して聞こえてる。

策は練ったつもりだろうが、これではバンザイ突撃だ、と姜は思った。なぜ一人っ子政策で生まれた兵士たちを無駄死にさせるのか理解が出来なかった。

第一波の攻撃はそれで止んだ。そしてスモークが晴れていく。

痩せ尾根は、姜が潜む場所よりやや高い。その急斜面が木陰からわずかに覗けるが、撃たれた兵士がまるでマネキンのように四肢をくねらせて頭からズルズルと滑っていく。泥を巻き込み、全身泥まみれになりながら斜面をずり落ち、転がっていく様は哀れだった。

宋中佐は、登りきった尾根に首だけ出していたが、スモークが十分に拡がったことを確認すると、兵を横一列に並べて上げさせた。谷を挟んだ反対側の岩棚はもう真っ白だ。向こうからこちらが見えることはない。

だが、敵はその白いスモークの中から撃って来た。

左手の主峰尾根を兵士らが一斉に駈け出すが、銃はその位置を精確に狙って来る。しかも、フルオートに近い感じで撃っている。すぐ、それが軽機関銃の分隊支援火器だとわかった。

兵士がバタバタと倒れ始め、一方は南側の崖へと倒れていく。北側の急斜面へと倒れたものは哀れだった。頭から突っ込み、身体中の骨を折りながら落下していく。しかも血しぶきが飛び散りながらだ。

撃たれる前に、自ら稜線から飛び降りた兵士もいた。最初はどうにか姿勢を維持しようと踏ん張っていたが、ほんの一〇メートルもずり落ちない内にバランスを崩し、手足が妙な方角に曲がりながら落ちていく。助かったとはとても思えなかった。

これで作戦は中止だなとしばらく待機したが、指揮所から「敵の陣地を黙らせろ」と言ってきた。陣地の場所はわからないが、撃って来た辺りはだいたい見当は付く。スモークが晴れたら、合図でそこに十字砲火を浴びせるよう、全員に怒鳴った。

だが、スモークが晴れた瞬間、宋はがっかりした。あの辺りだろうと思っていた場所は、岩棚が盛り上がってここからは死角になっている。たぶん主峰稜線上からしか攻撃できない場所だった。

しかし、やりようはある……。グレネード弾なら、放物線を描いて飛ぶ。あの盛り上がり部分を超えて、敵陣に飛び込んでくれるかも知れない。

宋は、ロシア製のRG－6グレネード・ランチャーの射手に、見えない敵を狙って連射するように命じた。同時に、他の兵達には、その攻撃時、射手を守れるよう、岩棚の林に向けて一斉射撃を命じた。

だが、自分のすぐ左隣で、突然、グレネード・ランチャーの射手が弾かれたように後ろへ倒れた。喉からゴボゴボと音を立てている。

宋は、反射的に身を屈めた。その途端、頭上の空気を弾丸が切り裂いた。だが、味方の発砲音に押されて敵の発砲音は聞こえない。そもそも、マズル・フラッシュすら見えない。

そこに潜んでいるはずの敵の銃声は、まだ一発も聞こえなかった。

だが、攻撃は容赦無く続いた。右隣の兵士がウッ！　と呻いて前のめりになった。防弾ベストから白煙が上がっていた。

奴だ！……、消音銃を使う狙撃手だ。

「下がれ！　下がれ！　撃ち方止め。全員、物陰に身を潜めろ！　消音銃が狙っているぞ」

全員が、その場でめいめい身を伏せた。それが精一杯だった。彼らが発砲を止めてその場に伏せると、敵も狙撃を止めた。辺りに、不気味な静けさが戻って来る。

宋中佐は、一番風上側にいた兵士に、発煙手榴弾を目の前で炊くよう命じた。だが、兵士はミスを犯した。自分より風下側へと投げてしまったのだ。自分は、そのわき上がるスモークに隠れることが出来なかった。

身を伏せたままの状態で背中を狙撃された。二発喰らった。宋は、前方の林を監視していたが、相変わらずマズル・フラッシュは見えなかった。衝撃波で周囲の木々が揺れるようなこともない。まちがいなくサブソニック弾だろう。ロシア製のVSS〝ヴィントレス〟消音狙撃銃だと思った。白煙が前方視界を奪い始める。

「全員、下がれ！　そのままゆっくりと下がって稜線の下にいったん降りろ！」

　そのまま二〇分近く待ったが、結局、再攻撃は断念された。ロープを掛け、斜面を降りた。防弾プレートで救われた兵士は、意外に元気だった。その様子からも、威力の低いサブソニック弾で撃たれたことは明らかだった。だが、戦死者の遺体の回収は叶わなかった。暗くなってから出直すか放置するしかない。

　下まで降りきる頃には、もう陽は水平線に沈もうとしていた。賀兵曹長が待っていた。

「そっちは何があった？」

「下から見ていた連中によると、迫撃砲弾のようなものが突然崖近くの空中で爆発したそうです。爆発の大きさからして、手榴弾より大きい。遠くで、迫撃砲の砲撃音のようなものを聴いたという者もいて、恐らく、誘導砲弾だろうと思われます」

「主稜線手前に陣取った連中は、どうして援護射撃しなかったのだ？」

「あの林からの稜線出口は見えていたが、敵は、それより低い場所に陣取っていた。中佐が取り付いた稜線が僅かに視界を妨げて、何も見えなかったそうです」

「そうだ……、思い出した。あそこで軽機関銃を撃っていた敵は、曳光弾を使って無かったぞ。スモークの中から、狙いも付けずに撃ちまくっていた。いったい、われわれはどんな敵と戦っているんだ？　まるで化け物じゃないか」

「それだけ備えていたということでしょう。台湾軍は、ここにフロッグマンを潜入させて訓練していたそうですが、日本も似たようなことをして、防衛作戦を練っていたんでしょう。そうでなければ、こんな完璧な対応は無理です」

「部隊の半数を失った……。死体が増えるばかりだ」

「われわれは覚悟の上でここに来ました。いつか犠牲が報われる日が来るでしょう」

解放軍は、この攻撃失敗で、一個小隊もの兵士を戦死させた。痩せ尾根を挟んで、南北の急斜面のあちこちに死体が引っかかっていた。急斜面というか、ほとんど垂直に近い崖を持つ南側では、撃たれた兵士が一〇〇メートル以上も滑落していた。

姚彦少将は、「なにがしかの目に見える支援がなくば、これ以上の攻勢は不可能である」との通信文を送らせた。

一方の姜三佐は、ファームが陣取る指揮所まで引き揚げ、スキャン・イーグルが送って遣す映像を見ていた。

モードを可視光から赤外線に切り替えると、死んだ兵士と、まだ息がある兵士を体温で区別することが出来る。北側斜面を転げ落ちた兵士は、手足が逆方向に折れ曲がっていたが、一人、明らかにまだ生きているものがいた。

稜線上にも、折り重なる死体の陰に、一人、まだ息のある兵士がいる。

「助けなきゃ」

「無理ですよ。白旗掲げて飛び出た途端に狙撃されますよ。われわれ、ちょっと一方的に殺りすぎましたからね」

「でも、放置は出来ないわよ。助かる者を助けずに死なせたら寝覚めが悪くなる」

「無線で呼びかけたところで、向こうは暗号通信でやりとりしているんだから、聞こえないいんじゃないんですか？」

「リベットは何処よ？　リベット！　ちょっとこっちに来て！」

姜三佐は、小隊の工学屋、高専出身のリベットこと井伊《いい》翔《かける》一曹を呼んで、敵と無線通信する方法を尋ねた。

「出来ますよ。大出力で、妨害電波を出すのと発想は同じだと思えば良い。要は、それを言葉で呼びかければ良いんだから。ただそれだけの出力となると、ここからでは無理ですね。下の指揮所でないと。それに、敵は当然逆探知するだろうから、少なくとも送信アンテナがどこにあるかばれることになる」

「それは、下で考えてもらいましょう」

台湾軍海兵隊の呉金福《ウージンフー》少佐は、幸い情報将校で、敵が使っている無線周波数も知っていた。暗号回路が破壊された場合に、解放軍が、どの周波数を緊急用として使用するのかも知っていた。

少佐は、自ら中隊用無線機を背負い、移動しつつ五分間呼びかけた。相手は、「話は聞くが……」と乗り気で無い態度だった。

少佐は、「そちらに医薬品が不足していることは察しが付く。こちらはまだ余裕があるので、稜線上の負傷兵を回収しに来れば、医薬品を手渡す用意がある」と告げた。

結局、医薬品を下から運び上げるまで、一時間の休戦が合意された。少佐は、直ちに兵を集めると、担げるだけの医薬品を担いで、稜線を登り始めた。

彼らが東端の防御陣地に辿り着く前に、姜三佐は、白旗を仕立てて前進し、死体の背後に隠れている兵士の手当に当たった。

一発が、防弾プレートに命中して、これを割った破片が胸にめり込み、火傷を起こしていた。こちらはせいぜい肋骨を折った程度だろうが、もう一発が、右腕を撃ち抜いていた。骨が砕かれ、腕がぶらぶらしている。さらに、ヘルメットにも、一発が命中した跡があった。穴が空いていたが、幸い、頭皮を一部剝がした程度だ。

たぶん、この若者は、生きろと神が選択したのだろう。彼が身を寄せる仲間は助からなかったが……。

ここでは、腕を切断するしか無いだろう。兵士は、フェンタニル・キャンデーを自分で口に咥えて横たわっていた。

福留が、北京語で輸液の注射をするが良いか？と了解を取った。折り重なる死体の上に輸液パックを置いた。

福留が、「君らは、マグライトは何処に仕舞っているんだ？」と聞いて、戦死者の腰のポウチからヘッドランプを取り出して、何個か点灯させた。

呉少佐より先に、解放軍兵士が手製の担架を担いで登って来た。最初は、ほんの四、五人だったが、死体回収には十数名は必要だ。指揮官らしき男性が、ウォーキートーキーで、登って来て良いぞと命じていた。

姜三佐が女性だと気付くと、驚いた反応だった。そして、宋中佐は日本語に切り替えて「もう、こんばんはという時間なのかな？」と敬礼して自己紹介した。

姜もそれに応じて敬礼した。

「貴方は、いわゆる特殊作戦群の所属のようだが、女性もいるのですか？」

「日本は労働力不足なので」

「ええ。知っています。調べればわかることですが、私は、しばらく前に軍を退いて、北京大学の日本研究センターで日本文化を研究していました。夜は毎晩、東京の女子大生とオンラインでチャットして勉強していました。向こうは北京語で、私は日本語で」

「私、もう十年以上、北京語を勉強していますが、酷いものです」

と姜は北京語で答えた。

「この戦争で、急に駆り出された。でも、日本と戦争するためではありません。たまたま、過去にそういう部隊にいたものですから」

「何もかも間違っているわ。一人っ子の若者を戦場に向かわせるなんて……」

「同感です。これは馬鹿げた戦争だ。でも、僕ら兵隊には止められない」

まず、負傷兵を担架に乗せた兵士らが降りて行く。兵士は、ぼんやりとした表情ながらも、「謝謝！」を繰り返していた。

そこは、立錐の余地も無く、幅はほんの一メートルしかないのだ。暗闇で足を滑らせれば、そのまま滑落する羽目になる。まず助からないだろう。

ヘッドランプを点《とも》した呉少佐の一行が走りながら向かって来た。医薬品が入ったザックを背負っていた。

「少佐、後をお願いしてよろしいかしら？　ここ、足を滑らせるとあの世だから、あまり固まらない方が良いわ。自分は下がります」

台湾軍兵士らは、少し幅がある場所で待機していた。

宋中佐は、「ここは危ないな。ちょっと下がろう」と元来たルートをバックした。戦死者がまだそこに残されている。

呉少佐は、その折り重なった死体を慎重に跨いで、宋中佐の元で荷物を降ろした。

「麻酔薬に輸液に包帯、軍医殿が必要とするあれこれが入っています」

呉少佐は、自己紹介しながら言った。

「ご苦労様です、少佐。みっともない話だが、彼らを一人でも生きたまま家に帰らせたい」

「もちろんです。われわれは、どう足搔いても同胞だ」

「今朝から、そちらのラジオやテレビで報じている、狙撃兵の戦死だが、気の毒なことをした。われわれも彼に、だいぶ痛い目に遭わされたが、お互い様だな」

「有り難うございます。自分は、東沙島の生き残りなんです。縁があって、こちらに転戦して来ました」

「東沙島守備隊の！　それは凄いな。詳しくは聞いてないが、良くあの戦いを生き延びた」

「この兵士たちも、東沙島にいた若者たちですね。ついてない。あそこでは、一方的な戦いが出来たのに」

「そうだね。でも君たちの脱出も見事だったそうじゃないか。私は今、東沙島攻略の指揮を執った姚彦少将の下で働いているのだが、あれはしてやられたと、笑って言うんだよ」

「そうなのですか。では雷炎大佐もご一緒なのですね。うちの部隊長が、とんだ変わり者だと仰ってましたが」

「そう。でも天才軍略家雷炎の知力をもってしても、この戦いではどうにもならなかったよ。われわれの完敗だな」

「もし、皆さんがここから静かに撤退して下さるということなら、日台はいかなる邪魔もしないと思います」

「そういう話が出来ればどんなに嬉しいか……」

バケツリレーで、医薬品が兵士から兵士へと受け渡される。

「もし、状況が変わったら、いつでもご連絡下さい。負傷兵の後送だけでも引き受けます」

「もちろんだ。私は、解放軍を代表する立場にはないが、この援助に最大限の感謝を申し上げる！」

宋中佐が敬礼すると、呉少佐は、部隊を引き返させた。そして、呉少佐は折り重なる死体を跨ぐと、くるりと振り返って、敬礼した。宋中佐は、一人ずつ死体を回収させて稜線を降りた。

解放軍指揮所で、負傷兵を敵に引き渡すか否かの話になったが、姚少将も参謀長も即答して却下した。東沙島では、自分たちがそれをプロパガンダに利用したのだ。投降してくる台湾軍負傷兵を撮影し、温かい食事でもてなす場面をテレビで流した。

台湾が、同じことをしでかして、プロパガンダ戦で報復するだろうことは容易に想像できた。

第五章　ウォーゲーム

そうりゅう型潜水艦十一番艦〝おうりゅう〟（四二〇〇トン）は、それまで主流だった、通常動力潜水艦の主機関＋非大気依存推進（ＡＩＰ）という構成をやめ、世界で初めてリチウムイオン電池をバッテリーとして採用した潜水艦だった。

それまでのそうりゅう型潜水艦は、ＡＩＰとしてスターリング機関を採用していたが、燃料の備蓄等、運用が難しく、〝おうりゅう〟から、日本がその技術に自信を持つリチウムイオン推進へと代わった。つまり、鉛の蓄電池も無くなったのだ。リチウムになったことで、水中での航走性能は飛躍的に向上した。

原子力潜水艦ほどでは無かったが、〝可潜艦〟と揶揄されて来た通常動力潜水艦では従来想定できなかった運用も出来るようになった。そもそも、発熱し、冷却が必要な原潜では、東シナ海の浅い海の航海は危険だった。その排熱は、たちまち水面に出て帯を残す。上空から覗けば、真下を発熱する物体が航海していることがすぐわかる。だから、アメリカの原子力潜水艦も、滅多には東シナ海の大陸棚に近寄ることは無かった。

彼らは、もっぱらオホーツク海でロシアの戦略原潜を追い、南シナ海で中国の原潜を見張っている。

〝おうりゅう〟は、オーストラリア海軍との共同訓練で、南太平洋から帰国途上だった。そこで解放軍の東沙島電撃奇襲作戦が始まった。島を守っていた台湾軍海兵隊は、基地施設から反対側の林に逃げ込んだが、全滅か降伏かの選択を迫られた。そこで、米海軍の協力も得て、日台両軍の潜水艦二隻が、中国海軍の包囲網を突破し、二個中隊もの兵員を闇夜に収容して脱出した。作戦名は〝キスカ〟。この作戦の成功は、台湾で大々的に喧伝され、東沙島喪失のショックを和らげることになった。

もちろん、日本の潜水艦が協力したことは伏せられた。そして、その潜水艦が、窮地に陥った台湾軍潜水艦を救うために、やむなく中国海軍のフリゲイトを撃沈して脱出したことも伏せられた。

さらに言えば、この戦果に驚愕した台湾は、〝おうりゅう〟の戦力を当てにして、一時潜水艦を乗っ取った。ともに戦った潜水艦部隊の将校の発案で、その乗っ取りはソフトに進行したが、後味の悪い思いを双方に残した。潜水艦を乗っ取った海兵隊部隊は、魚釣島沖で降ろされ、〝おうりゅう〟は、そのまま中国の大陸棚海域への北上を命じられた。

乗組員にとって、胃が痛む状況は、まだまだ続いていた。

〝おうりゅう〟は、日中のほとんどの時間を、錨を降ろして海底に沈底して過ごした。推進機関を動かすことはなかった。艦内では、夜間用の暗視照明こそしなかったが、照明の多くが消され、乗組員のほとんどは、蚕棚のような狭いベッドで過ごした。食事も、出るには出たが、バッテリーの消費を防ぐため、電磁調理器を使用しない非常食となった。

任務のきつさもさることながら、冷たい飯に、

皆うんざりしていた。

〝おうりゅう〟は、魚釣島から一五〇キロも北へ進んだ海域に潜んでいた。そこは、魚釣島と大陸沿岸部からほぼ等距離になるが、沖縄本島からは、五〇〇キロも西になる。実質的に解放軍の制圧エリアだ。自衛隊機はまず近寄らない。

解放軍の戦闘機が哨戒する、ぎりぎりの場所と言えた。これ以上、尖閣に近寄ると、日本のイージス艦の餌食になる危険があった。

第一潜水隊司令の永守智之《ながもりともゆき》一佐は、誰よりこのそうりゅう型に詳しい。士官公室の上座で、テーブルに広げたチャートを見ていた。天井の照明は間引かれて点いている。LED電球になったとは言え、節約は伝統だ。いつもよりだいぶ暗かった。

艦長の生方盾雄《うぶかたたてお》二佐が、彼が待っていたものを持って現れた。プリンターから吐き出されたばかりで、そのA4ペーパーはまだ熱を持っていた。

外界が暗くなるのを待って、通信フロートを水面まで上げたのだ。東シナ海もこの辺りまでくると、透明度も低い。だが、陽が高いうちは、どんな危険も冒せなかった。

気象情報、中国海軍の最新の配置図、そして命令が発せられたのだ。味方イージス艦隊が、巡航ミサイルの飽和攻撃を完璧に阻止したニュースは、夜明け直前に受け取った。それ以降、日中は、ただ海底に身を潜めて過ごした。中国海軍が、不利を悟って撤退してくれるかと期待したが、もちろんそうはならなかった。

「せめて夜食くらい、温かいお握りを出せると思ったんだが……」

永守は、まず中国艦隊の最新情報を確認してから、その命令文に目を通した。この手の通信文にしては異様に長い文面だった。潜水艦隊司令部の苦悩が窺い知れる内容だった。

「食料の備蓄はどう？」

「常時、報告させています。米に、野菜、冷凍ものはまだ十分残っています。台湾軍海兵隊を受け入れはしたものの、調理器を使えない場面があったので、むしろ非常食を先に食べ始めた。そちらの方が先に尽きるでしょうね。しかし、カロリー的には問題無いと報告を受けています」

「これ……、どう思う？」

永守は本題に入った。

「司令部としても、それなりに抵抗したということでしょう。こんな命令、専守防衛が国是で、防衛出動命令も出ていない中で普通は出せないいんですから」

「ことが公になったら、関係者全員クビだよね。われわれも含めて。市民団体は、間違い無くわれわれを殺人罪で刑事告発してくるだろう。でも、われわれがここにいる理由は、結局の所、そうやって敵の艦船を沈めて、これ以上、近寄るなと警告することだ」

「しかし、それは、戦争状態に突入してからですよね。司令部もそのつもりで、こんな場所に向かわせたのでしょうから」

「まさか、われわれが先に撃沈されることを前提とした作戦が別途あるとも思えないが」

「まさか……。あると思いますか？」

と艦長は真顔で聞いた。

「われわれがここで死んだからと言って、政府は腹をくくって尖閣での事態を公表して、防衛出動を命じるつもりかって？　ないだろう……。そんな度胸がある政府なら、解放軍が魚釣島に上陸した時点で、防衛出動命令が出ている。『該当する潜水艦は、予定より帰港が遅れているが、その理由は明らかに出来ない――』。で、ほとぼりが冷めた頃、何処かで沈没したらしい、という噂話がスクープとして新聞に載るんだろう。その頃には、もう全ての戦争は終わった後だ。振り上げた拳を降ろす場所も無い」

「生きて還って、こんな危険な任務を思いついた連中をぶん殴ってやりますか」

「少なくとも、顔は見たいね。誰が自分の命を弄んだのか知りたい。だが、最後にはこう書いてあるぞ……。脱出時に援護の用意あり――。これは、哨戒機は追い払ってくれるという意味だろうが、はて、空自の戦闘機はこんな所まで飛んで来てくれるもんかね。それにLiDAR搭載機のこともある。LiDARって、水は弱いんだよね?」

「グリーン・レーザーを使うと水面下そこそこまで最近は見えるそうですよ。それに、波浪をレーザーで読む技術は、以前から日本でも研究が進んでいます。こんなに浅い場所では、侮れないですね。本艦の排水効果は、そんなものを持ち出さなくとも読めるでしょう。最近は、多偏波合成開口レーダーなんてのまで出て来た。この深さで、哨戒機に見つからずに行動できたら奇跡ですよ。いくら中国のそれが技術的に遅れているからと言っても、全く安心できませんね」

「中国海軍と遭遇するまで、しばらく時間がある。どの艦船をどのタイミングで狙い、どう脱出するか、作戦を練ろう」

永守は、真空ボトルから温いコーヒーを自分のマグカップに注いだ。これでもまだ温かみが残っているだけましだ。次に自由に電力を使えるのは、無事に脱出してからだ。今夜中に攻撃が終わるとしても、脱出には半日以上掛かるだろう。もちろん、味方から援護が貰えるなどという気前の良い話は、一切真に受ける気は無かったが。

寧波海軍飛行場では、ＫＪ－600（空警－600）の修理と、Ｙ－９Ｘ哨戒機の離陸前準備が進んでいた。

東海艦隊からは、いつ離陸するのだ？　と矢の催促だったが、機長の鍾桂蘭《チォンクイラン》海軍少佐は、「急ぐ必要は無い」と突っぱねた。敵潜は、どうせ明るい内は動かないだろう。攻撃は暗くなってからだと睨んでいた。明るい内に動けば、へたをすると、真上を飛ぶ哨戒機からすら、その巨大な姿を肉眼で目視される危険がある。大陸棚海域は、それほど浅いのだ。明るい内に潜水艦が行動を起こす可能性はゼロだった。

深圳のＳ機関から派遣された張高遠《ツァンガオユエン》博士は、ハンガーの中で、空警機が原型を取り戻す様子を興味津々で見詰めていた。すでに背中に背負うレドームには、赤い星を幅一杯に描いたフェアリング・カバーが取り付けられた所だった。外見だけは、すでに普通の空警機の姿を取り戻した。今は、中のシステム更新が続いており、メーカーのエンジニアたちが、ひっきりなしにタラップを上り下りしていた。

鍾少佐は、張博士のために、サイズの合う飛行服を用意してあげた。哨戒機と空警機両方のパッチが両胸に縫い付けられていた。

「ここからでも、アップロードは出来ますよね？」

と張博士は、パソコンをザックに仕舞いながらだだをこねるように言った。

「ネットワークが寸断されるケースは多々あるわよ。そんなに怖がらなくとも、うちのクルーの三分の二は女性なのよ。そりゃ、貴方ほどの天才ではないかも知れないけれど」

「少佐の代わりは、この国に何人いると思います？」

「どうかしら、一〇〇人もはいないと思うけれど、二〇人くらいはいるでしょう。エンジニアの才能があって、飛ぶのも好きな女性なんて、珍しくも無い」

「でも、僕の代わりはいない。一四億もの人民がいて、この張高遠の代わりはいないんです！　S機関では、皆そう言われて研究に励む。君たちの代わりはこの一四億、どこを探してもいないから、君たちしか結果を出せないと」

「大丈夫よ。私たちは、味方の戦闘機の真下しか飛ばない。たとえ、敵の戦闘機やイージス艦が出て来たとしても、脅威になるのは、哨戒機と戦闘機、どちらだと思う？」

「この哨戒機は、戦闘機の半分のスピードしか出ないじゃないですか？　どうやって逃げるんです。それに、もしイージス艦なんて出て来たら、狙われるのは味方の潜水艦を狩るハンターだ。現に、空警機は、戦闘機の奥にいたのに攻撃されたじゃないですか？」

「でも生きて還ったわよ」

と横で浩菲《ハオフェイ》中佐が言った。

「私の機体は、本当は調整に二、三日欲しいけれど、それは洋上でやります。深夜には離陸できる。つまり、ステルスなF－35A戦闘機を発見できるから、貴方が乗る哨戒機には、指一本触らせませんん。貴方、武勲を立てて深圳に戻れば、ボーナスくらい出るでしょう？」

「お金に興味はない。それより、数学的な謎解きの方が魅力がある。僕が欲しいのは、敢えて言えば、研究環境ですよ」

「今のアメリカは難しいかも知れないけれど、日本なんていつでも受け入れてくれるでしょう。貴方の若さなら、日本の有名大学の入試を普通に受ければ、特待生扱いで入学させてくれるはず」

「ええ。日本の大学自体は、東大だろうとレベルは知れてますからね。バカでも入れる。でも僕は駄目なんですよ。昔、十代の頃、天才少年として、うっかり台湾のメディアに写真入りで載ったことがある。日本はともかく、ＣＩＡはそういう情報を見逃さない。整形して名前を変えても、ＣＩＡは必ず僕の正体を暴く。彼らはいずれとびきりの美人を友人として接近させ、亡命ではなく、良い条件を提示して、アメリカへと呼び寄せるでしょう。北京は北京で、二重スパイとして使えると判断して、日本経由で僕をアメリカへと送り出す。そうなることは目に見えている。そんなプレッシャーの中で研究に没頭できるとは思えない」

「天才の苦労はわからないわね。必要なものがあったら無線を頂戴。Ｓ機関に繋ぐから」

「さあ、行くわよ、博士！　でも、飛行機に乗ったことくらいあるわよね？」


「まさか！――」

と青年は青ざめた。エプロンを歩きながら、照明に照らされる機体を鍾少佐は説明した。

「Ｙ－８哨戒機のことは知っているかしら？」

「ええと、確かアントノフ－12でしょう？」

「そう。でもあれは初飛行が六〇年以上も昔。もう航空機として古すぎる。海軍は、それを国産化したＹ－８で哨戒機を量産したけれど、そろそろ限界なので、私たちは、Ｙ－８を元に再設計した、Ｙ－９輸送機をベースに哨戒機を開発しているわけです。輸送機がベースだから、機内は広いし、もちろんトイレもある。その気になれば、簡易ベッドもあるわよ。食事用のテーブルに、電子レンジ。コクピットはもちろんグラスコクピット。最新の航空機です」

「でも、プロペラですよね？　西側のほら、アメリカ海軍のＰ－８哨戒機はボーイング737がベースだし、日本のも、ジェット・エンジンというか……」

「ターボファン・エンジンね。本音を言えば、私たちもターボファンにしたかったんです。進出速度は速いし、メンテナンスもプロペラ機より遥かに簡単に済む。でも、うちは、このサイズのターボファン機を持っていない。アントノフ設計局がペイロード的に使えなくも無い双発機を持ってはいるけれど、ボーイング737ほどの信頼性はないし、日本のP－1哨戒機は、あれはまあなんというか、日本がまだ豊かで、好き放題軍用機を開発出来た頃の徒花《あだばな》的存在よね。あれを中国に売ってくれるというなら、機体だけでも買うわ。アビオニクスは全部こっちで開発することにして。でも、私たちもいずれああいう機体を開発することになるでしょう。双発になるか、四発になるかはともかくとして。西側が持っているものは、一通り揃えないと気が済まない成金体質だから。でもこの機体は、これはこれで、私は気に入ってます。低速域の性能は良いし、機体はまだまだ拡張性があるし」

キャビンに乗り込むと、赤い暗視照明が点っていた。

少佐はまず、救命胴衣を頭から被らせた。

「ごめんなさいね。普段はこんな面倒なもの着ないんだけど、一応戦争中だから。この機体なら、ミサイルを喰らっても、海面に不時着できる可能性は高いわ。使い方は後で教えます。それと、機内で移動する時には、あちこちハンドルが付いているでしょう。天井、センサー・ステーションの椅子とか。必ずそれを握って下さい。乱気流で身体を飛ばされて、頭を打ち付けることがある。最悪の場合、首をへし折ることになるので」

初対面のパイロット・クルーを紹介し、少佐は、戦術航空士席の自分の隣に、張博士を座らせた。補助用のシートが設置されていた。

「これ、テストベッドなので、エンジニアが複数、ここに座れるよう設計されているのよ。本来は一人席だけど。気が滅入ったら、後ろのテーブルに下がっても良いわよ。でも、システムを一通り知ってもらうためには、私の隣にいた方が良いでしょう。この機体の全てのセンサーが捕捉する情報をここのマルチ・モニターに表示できます」

　キーボードはテーブルに固定され、トラックボールが付いていた。

「トラックボールは私も嫌いだけど、マウスは機体が揺れると滑るから。貴方のパソコンを繋いで、キーボード操作できるようにするわ」

　機長と話し込んでいた機付き長がタラップを降りると、ハッチが閉められ、エンジンが一基ずつ始動し始めた。

　少佐は、博士のザックを膝の下に入れさせると、ショルダー・ハーネスを締めてやった。

「ジェット・コースターくらい乗ったことがあるわよね？」

「あれ、航空機より事故率が高そうじゃないですか」

「重力加速度の説明は要らないわよね。楽しんで下さい」

　ヘッドセットを被らせ、インカムの使い方を教えた。

「所詮は軍用機だから、旅客機ほど静かにはいかないのよね。隣同士でも怒鳴る必要があるし、休憩する時には、みんなノイズ・キャンセリング・イヤホンで音楽を聴いているわ。大丈夫、何事にも初体験はあるものよ」

　赤い照明の下でも、青年が青ざめて震えているのはよくわかった。機体が駐機場を出て、誘導路へと向かう。

　鍾少佐は、気分転換にでもなるかと、フライト・データ・レコーダーに直結されたコクピット天井のワイド・カメラの映像をモニターに映して見せた。二人のパイロット越しに、誘導灯が見える。滑走路上では、ＬＥＤライトが、まるで心臓の拍動のように規則的に点滅を繰り返していた。

「空に上がったら、ＥＯセンサーを降ろして、もっと綺麗な夜景を見せてあげるわ」

　機長が離陸のアナウンスをすると、後方のセンサー・ステーションから「離陸ＯＫ！」のコールが返ってくる。

　鍾少佐もインカムで、「じゃあ、行きましょう！　みんな」と離陸命令を出した。

　エンジン音が高まり、機体が勢いを増して滑走路を疾走する。少佐は、肘掛けをぎゅっと握りしめる青年の左手に、自分の右手を添えてやった。

　機体が浮き上がると、次の瞬間、すーと落ちる錯覚に囚われる。鍾は好きな瞬間だったが、青年博士は、「ウッ！」と呻《うめ》いて肘を突っ張らせた。

　その瞬間が終わると、「後は巡航高度までぐんぐん上がって洋上の艦隊を目指すまでよ。私たちのために航空路は空けてある。真っ直ぐ飛べるわ」と青年の肩を叩いてやった。

　そして、艦隊の情報ネットワークと回線を繋いで、最新の配置をスクリーンに表示させた。

「あらら……、酷いわね。艦隊ごと釣魚島を目指すという話だったのに、肝心の空母は、まだ沿岸部に張り付いたままじゃないの」

「もしかして、釣魚島と海岸線との、中間線辺りにまで軍艦を進めるつもりなんですか？」

「そうよ。戦闘機にエアカバーを提供して、敵の戦闘機やイージス艦隊を遠ざけた状態で、釣魚島の敵を爆撃させる。昨日は、高価な巡航ミサイルで失敗したから、今夜は、安上がりな爆弾を大量にばらまくというわけね」

「成功するんですか？」

「すると思うわ。なぜなら、日本の戦闘機は、このラインまでは出て来ない」

と少佐は、モニター上に指で弓形の線をなぞった。

「彼らの中に、まあ気持ちとしてある、日中中間線なのよ。そもそもここは、彼らが主張する尖閣諸島の領空からも大きくはみ出している。彼らはただ、このラインを勝手に防空識別圏として捉えているだけ。ここからわれわれが入って来ない限り、彼らは攻撃してこない。そしてわれわれがこのラインまで艦隊を出せば、もう戦闘機も出せなくなるでしょう。いつ撃墜されるかわからないんだから。逆に、彼らはこちらの水上艦を勝手に攻撃は出来ない。日中は表向き、戦争状態にはないんだから」

「なら、われわれが潜水艦を狩る必要も無いじゃ無いですか？」

「そう思うでしょう？　でも日本の立場になってみなさい。そういう日本の弱みにつけ込んで、中国は艦隊を近づけてくる。貴方ならどうする？　私なら、潜水艦を差し向けて、こっそり攻撃します。台湾軍の仕業だとシラを切れば良い。実際、台湾空軍の戦闘機は、構わず突っ込んで来て対艦ミサイルを撃ちまくるかも知れないけれど。だから私たちは、それが起こる前に、潜水艦を発見、撃沈して阻止する。たぶん一隻か二隻が、艦隊のすぐ近くに潜んでいるはずよ」

機体はぐんぐんと上昇して行く。海岸線に出ると、少佐は、機首直下に装備されたエレクトロ・オプティカル・センサーを降ろした。暗視モードで海面を映し出す。近海漁の漁り火があちこち眩しく輝いていた。

「この辺りの波はまだ穏やかね。南へ飛ぶと少し波浪が出て来るはず」

「揺れるんじゃないでしょうね？」

「貴方、MADって知っている？　ま、後のお楽しみに取って置きましょうね」

　そのY－9X哨戒機は、巡航高度に乗った時には、航空自衛隊の空中早期警戒管制指揮機《AWACS》のレーダーに捕捉されていた。それが問題のテストベッド機だとわかると、最優先識別目標を意味する〝オメガ01〟の符牒が割り当てられた。

　彼女らは、自分たちがそれほどの重大脅威だと認識されていることを知らなかったし、艦隊はすでに、鍾少佐が想定しているより遥かに日本側に展開していた。

　味方の戦闘機も積極的に飛んではいたが、彼らは決して、味方フリゲイト艦より東側空域を飛ぼうとはしなかった。


　豪華客船〝ヘブン・オン・アース〟号（一三〇〇〇〇トン）は横浜港のクルーズ用岸壁に接岸した。岸壁の手前では、船内に補給物資を積み込むためのトラックやコンテナ車が二〇〇台ほど数珠つなぎになっていた。

　タラップが繋がれると、ブリッジから武装したテロリストたちがまず降りて来る。テロリストと言っても、アメリカ人主体の民間軍事会社だ。その武装スタイルは、完全に特殊部隊のものだった。

　日本側は、これもタイベックスの防護服姿の、神奈川県警の機動隊員が、遠巻きに見守っている。全員、MP5系列のサブ・マシンガンを装備している。その背後には、狙撃班も控えていたが、護岸側から強烈なフラッドライトが船体に当てられているせいで、彼らの姿は見えなくなっていた。ラウドスピーカーが、英語と日本語で、ずっと呼びかけている。船内の乗員乗客に向かって、バルコニーに出るな、部屋から出るな。誤って撃たれる危険があると警告していた。接岸したことで、海中に飛び込んで逃げ出そうとする乗客が必ず出てくる。過去にもそうやって、何人もが、水死や行方不明になっていた。

テロリスト側は、この期に及んでも、重症者の下船は一切許さず、エクモの搭載も、医療スタッフの交替すら許さなかった。ただ、食料や医薬品の積み込みは認めた。交渉はぎりぎりまで続いたらしいが、彼らは譲歩はしなかった。

死亡した感染者の遺体がクレーンで降ろされ、そのまま冷凍コンテナへと収容される。

外交官ナンバーのワゴンが一台近づき、タラップからだいぶ離れた所で止まった。中から、マスク姿の人間が二人降りて来ると、現場を管理する陸自の医療班から、タイベックス防護服とゴーグル、N95マスクを受け取り、最後に、手袋の手首部分を、ガムテープで二重に巻いてもらってから歩み出した。一人は、手慣れた感じで、ショルダーの大きなバッグを肩に担いでいる。

武装テロリストは、運び込む荷物をそれなりにチェックしていたが、そのショルダーバッグを開いて覗き込み、上司らしい男性と二言三言交わすと、行けという感じで合図した。暗がりと強烈なライトでよく見えなかったが、その上司らしき男は、アラブ風の顔立ちで、長身の男性だということを、現場にいた警視庁外事課の私服警官は後に報告していた。

二人のアメリカ人は、船内に入ると、まるで乗組員みたいな慣れた足取りで、船内配置図も見ずに歩いた。タラップを何層か上り、アメリカ人代表団が宿泊する上層デッキに辿り着くと、アメリカが指揮所として使っているクリストファー・バード元海軍少将の会議室付きの居室に直行した。

　アメリカ大使館一等書記官の肩書きを持ったバースィル・アル・マクトゥームは、代表団の健康状態を確認しに乗船したことを告げると、同行した軍医に、まずＰＣＲ検査と、抗体&抗原検査用の指先での採血を始めさせた。

　マスク姿のアメリカ人たちが一人ずつ入ってきて、検査を受けて出て行く。最後が、この太平洋《C》相互協力信頼醸成措置会議《ICPO》を企画してここまで持って来たジョージタウン大学国際政治学のシェリル・チェン教授だった。

「見ない顔と名前ね？」

　とチェン教授は、東京の大使館に勤務するというアラブ系の男性を訝《いぶか》しんだ。

「私、仕事柄、国務省のアジア・パートの面子はほとんど知っています。アジアが専門で、アラブ系なら、当然顔も名前も覚えているわよ」

「自分は、もちろん大使館の職員ではありません。本省から派遣されました。専門も、アジアといっても、中近東ですからね。先生がご存じなくても当然です。でもこれで、顔を覚えてもらいましたね」

「ＣＩＡね……」

　マクトゥームは否定も肯定もせず、ただフフッと笑っただけだった。

　抗体&抗原検査キットは持ち帰るとかで、テーブルの上に並べられたＰＣＲ検査キットの結果が出るまで、チェン教授とバード元海軍少将二人が立ち会った。

「各国代表団の犠牲は、決して少なくないわ。日本は、代表団を率いた提督が亡くなった。中国もロシアも、複数の元軍人や外交官が亡くなっている。なのに、不思議とアメリカ代表団だけは、まだ誰も亡くなっていない」

　チェン教授は、固い表情で話し始めた。

「それは幸運ですね」

「いいえ。普通、そういうのは幸運とは言わない。陰謀というのよ」

「しかし、報告では、発熱や風邪の症状を訴えている国務省の職員がいるとか？　あとで軍医に回ってもらいますが……」

「二名。いずれも、症状で言えば、軽症だ。ほとんど鼻風邪と言って良い。大事をとって自室で休ませているが、元気そのものだ。あれはたぶん、正真正銘、ただの風邪だな。ＭＥＲＳではない」

　とバード提督がきっぱりと言った。

「今となっては、不思議なことを思い出したのよ」

　とチェン教授が続けた。

「会議の参加国メンバーが乗船したシンガポールへと、私たちアメリカ代表団が旅立つ二週間前、全員が予防接種を受けた。それは、ＣＯＶＩＤ－19の新しいワクチンだという説明で、しかしまだ認可前の極秘の製品だから、普通のクリニックでは受けられないということで、わざわざウォルター・リード陸軍病院まで出向いての接種となった。今になって考えれば、あれは明らかにＭＥＲＳのワクチンだった……」

　と言ってチェン教授は、ゴーグルを掛けた男の瞳を覗き込んだ。彼の表情で僅かに見えるのは、その透明なゴーグル越しに見える眼だけだった。鼻の高さすらわからない。

　検査キットをバッグに収納する作業を手伝っていたマクトゥームは、手を休め、テーブルの椅子に座って二人と向き合った。

「陰謀論として、少しシンプル過ぎやしませんかか？　この客船の中で、一般人として乗り込んだアメリカ人もすでに何人か亡くなっている。それを会議団参加者だけ、しかもテロが起こる二週間も前に予想して、どこにも存在しないはずのＭＥＲＳのワクチンを打ったと？　それに、テロリストがばらまいたウイルスは、変異型ですよね。遺伝子構造を弄《いじ》ったものにまでそれが効いたと？」

「複雑な陰謀論だよ、別にシンプルではない」

とバード提督が否定した。

「こんなマスク、要らないんでしょう？　ばかばかしい！」

チェン教授は自分のマスクを外して苛ついた表情を見せた。

「博士、仮に、それが陰謀だったとしてですよ。そのワクチンは何処かで大量生産されて国内に備蓄されているとしましょう。中国では、これから何百万人もが死ぬことになる。それは遅かれ早かれ、アメリカにもいずれは入って来て、またコロナ騒動のようなことになる。そのワクチンの接種は、アメリカ国民には間に合うのですかね……」

「そうね……、アメリカ政府やＣＩＡが何処まで主導したかは知らないけれど、私としては、政府がいろいろ備えた上でのことだと望みたいわね。たとえば、実はもう治療薬も存在するとか」

「私はそれを知る立場にありませんが、まあ、ありがちな陰謀論ですよね。いつか、何処かのブロガーが事実を暴くんじゃないでしょうか。しかし仮に、皆さんがすでに免疫を持っているとしても、この船内の汚染度は深刻ですから、部屋の外に出る時は、厳重にマスクをすることをお勧めします」

「なぜ貴方たちだけが乗り込めたの？」

「交渉しているのはわれわれですからね、アメリカ人の安全確認が最優先です。それは彼らもよく知っている。アメリカ政府のご機嫌を損ねても何も良いことは無いと。それと、今夜は、安全のためにもう出歩かないようにして下さい。理由は察して頂けますね？」

「わかっている。成功することを祈っているよ」

とバード提督が、全て承知していると頷いた。

ＰＣＲ検査の結果は二〇分で出た。少なくともこの部屋で検体採取したアメリカ人は、全員が陰性だった。後に軍医が回った隔離状態のアメリカ人も陰性だった。

マクトゥームと軍医は、客室区画で別れて、マクトゥーム一人だけ、ブリッジへと向かった。テロ・グループの指揮を執るクリス・インドラ元中佐に目配せすると、ブリッジよりさらに高い位置にある、最上級の特別貴賓室へと上がった。

そこに、このシージャックを起こした主犯、ハリーファ＆ハイガー・カンパニーのＣＥＯ、ナジーブ・ハリーファがいた。

二人は、アラブ風の抱擁を交わしてソファに腰を下ろして向かい合った。

マクトゥームはそこで防護服の帽子を脱ぎ、ゴーグルとマスクを外した。二人は、アラビア語で話し始めた。

「覚えているかね？　モンパルナスの丘での会話を」

「ああ。私が観光客にケバブを売って学費の足しにしていた頃ですね。貴方の資金援助が無ければ、学業を終えることは出来なかった。いつか恩返しが出来ればと思っていたが……」

「あのとき、実は私は逃げ出したかったんだよ。君の青臭い話にうんざりして、『もう良い！　誰か他所《よそ》を当たるか、ケバブの売り子としてここで一生を終えるかしろ』と言って帰ろうと思っていた」

「なぜ、思いとどまったのですか？」

「自分が留学していた頃、そんな思いに取り憑かれたことは一度も無かった。私は、西側の退廃した文化に、よくも悪くも鈍感だったんだな。だが、周囲のアラブ人は、みんな君みたいな連中ばかりだった。だからまあ、人は変われるし、この若者もいずれ現実を受け入れるだろう……、と思ったんだ。皮肉だな。今は立場が逆転して、この年寄りが、下らん理想主義や革命論に取り憑かれている」

「ウイグルで、革命は起きませんよ。残念だが、それはアメリカも望んではいない」

「そうだな。だが、彼らに勇気を与えることが出来る。彼らのことを忘れていない同胞がいることを伝えられる」

「そして、貴方の名は、イスラムの歴史に永遠に記憶される。政府は、投降すれば、それなりの処遇をすると約束しています」

「グアンタナモの収容所に、トイレ付きの個室が用意してもらえる程度だろう」

「ええ。国家は嘘をつく。それが現実です」

「来た、見た、勝った——。もう十分生きた。使い切れないほどの富も蓄えた。家族のことを頼むよ。言われなき中傷に晒されることは望まない」

「伝言はありますか？」

「ない。兵士たちの遺族にも、それなりの資金が行くよう手配済みだ。さあもう行け。長居すると怪しまれるぞ」

「御世話になりました……」

二人は抱擁し、マクトゥームは、またマスクやゴーグルをして下のブリッジへと降りた。インドラ中佐と一瞬視線を交わし、一人でタラップを降りた。

上海沖でこの客船を襲撃し、生き残った解放軍部隊のカメラが、その姿を追いかけ、ワゴンに乗り込むまでを密かに撮影していたが、マスクを外した表情をレンズに捉えることは出来なかった。

潜水艦〝おうりゅう〟は、まだ海底に留まっていた。乗組員の全員が厚着していた。電力節約のために暖房は切っている。東シナ海と言っても、水中を一〇〇メートルも沈めば、外の海水は冷たい。艦は、冷蔵庫と化していた。

電子機器の結露を防ぐため、小まめなチェックも欠かせなかった。

士官公室では、チャートを広げての攻撃計画が練られていた。この海域に進んでからずっと練られていた計画で、それを再確認するだけだったが、時間を掛ければ掛けるだけ、問題点も浮き彫りになって来る。

最後に受け取った通信から察すると、そろそろ東海艦隊の外周を固めるフリゲイト艦のスクリュー音が聞こえてくる頃だった。

全員から離れた末席で、航海科の村西浩治《むらにしこうじ》曹長が、ノートを開いて発言のメモを取っていた。航海日誌ほどオフィシャルなものではないが、いざ何かあったら、ここでのやりとりを振り返る材料とするためだった。

村西は、空気と化し、シャーペンで黙々と全員の会話の主要部分を書き取っていた。

だが、永守一佐が、ふとその横顔に目を留めて呼びかけた。

「曹長？　何か意見でも？」

「いえ。ちょっとこのシャーペン、もう芯の残りが少なくなったようで、ボールペンに切り替えようかと思っていた所です」

「村西さん、あんたとは長い付き合いだ。顔に出ているくらいわかるよ」

村西は、下士官最上級だったが、生徒隊出身なのでまだ若かった。

「自分は下士官です。士官の縄張りに口出しなんてしませんよ」

「時間の無駄だ！　さっさと言え。命令だ」

「では……」と村西はシャーペンを置いて立ち上がった。

「攻撃は、深夜になるわけですね。そこからの脱出を考えると、味方の守備エリアに逃げ込めるのは、もう夜明け以降と言うことになります。明日も、今日と似たような予報が出ていますが、もし太陽が一瞬でも出たら、逃げ惑う本艦の姿が、頭上を舞う哨戒機や戦闘機から海中に透けて見えるかも知れません」

「なるほど。航海長、どう対処する？」

と永守は、副長兼航海長の新藤荒太《しんどうあらた》三佐に質した。

「東シナ海も、ここまで沿岸部から離れると、それなりに透明度は高い。深度五〇から七〇メートル辺りをうろうろしていたら、上から肉眼で気付かれるでしょうね。それは避けられない。天候次第ではありますが……。日中の脱出は諦めて、沈底して敵陣の中に留まるという手もあります」

「もし、晴れたりでもすれば、それこそ透けて見えるよね。たとえ沈底していようが」

「そもそも、それは解放軍がこの海域に留まり続けるという前提になりますが？　それがもしあり得るとしたら、尖閣の部隊は全滅した後ですよね。それはないという前提で、われわれは敵に仕掛けるわけでして……」

「だが、解放軍の後退がぎりぎり遅れるというケースには備えるべきだろうな。仇討ちのために留まるとか、あるいは、こちらの航空部隊が競り負けて、制空権を明け渡す結果とかは常にあり得る。二〇ノットで三時間走って逃げるか、一〇ノットで六時間走って逃げるか……。もちろん、完全な安全圏まで脱出するには、一〇〇キロ以上は走る必要がある。台湾側へ向けて逃げるのは一番確実だろうが、それでも台湾空軍が制空権を喪失している状況もありうる。可能性を挙げるなら、何だってありだ。曹長、何かアイディアはあるかね？」

「皆さんが知恵を出して下さると期待しています」

「それが幹部の仕事ではあるわな。正直、この任務は、攻撃は容易だが、その後の脱出は至難だ。数日前もこんなことを言った記憶があるぞ……」

それは東沙島脱出のキスカ作戦でのことだった。

「航空部隊の援護に期待しましょう」

と艦長の生方二佐が口を開いた。

「彼らは、事実として援護を与えると言ってきたんです。きっと、航空幕僚長の血判くらい取った上でのことでしょう。魚釣島では、陸が犠牲を払い、海ではこうしてわれわれが汚れ仕事をやらされている。空自も、それなりに犠牲を払って良い頃だ」

「私もそう望みたいところだが、仮に潜水艦を一、二隻沈められた所で、日本の防衛はびくともしないぞ。逆に、たかが潜水艦一隻を守るために、空自の戦闘機部隊を一個飛行隊でも殺られてみろ。このせめぎ合いはそこで終わる。今ですら、日本の制空権は、紙一重なんだ。われわれは、自力で脱出するしかないぞ。私は、なんというか、偉いさんのリップ・サービス程度にしか感じないね。空自が本気で救いの手を差し伸べてくれるとは思えない。もし、中華神盾艦がそのまま南下を続けるとしたら、味方戦闘機は当然その餌食になる。それを防ぐために、その中華神盾艦を阻止しようとしたら、これはもう泥沼の戦争になる。その接近は阻止出来るかも知れないが、そこまでの犠牲を払った後に、中国が勝ち目の無さを受け入れて黙って後退するかね？　台湾攻略も遠のき、共産党政権の面子も丸つぶれになる」

「そうなると、この作戦は、統幕にとって、その攻撃を行った味方潜水艦の撃沈は、双方痛み分けを演出するための規定路線みたいに聞こえますね。手の込んだ、しかも味方を犠牲にするウォーゲームだ」

「そういう深謀遠慮が無いことを祈るよね。われわれの命を捨て駒にして、これ以上の戦争拡大を阻止したいということならさ。誰がこんな作戦を上申したのか知らんが、いろんな意味で賭けだな。現状では、奇手奇策は何一つ思いつかない。正攻法で脱出するしかない。

曹長、残念だが、現状ではそんな所だよ。君たちの命は私が守る！　と太鼓判を押したいところだが、いざという時は、捨て駒としての使われようもあるということは、覚悟の上で、われわれはここにいる。奇をてらわず、出来ることをしよう」

「では、作戦に関してはそういうことで。戦闘配置を命令します！」

と艦長が、白い息を吐きながら言った。

「今のも、書き留めておきますか？」と村西。

「もちろんだ。何かあったら、誰かがいつか拾って読んでくれることを祈ろう。そうならずに済むよう全力を尽くすが」

士官らがチャートを纏めて部屋を出て行く。村西は、一人その場に残り、記録を続けた。

最後に「運否天賦《うんぷてんぷ》」、運不運は天に決められている……、と認《したた》めたが、自分の性分ではないな……、と思い直して、消しゴムを使った。

潜水艦〝おうりゅう〟は、錨を上げ、艦の全システムを一つずつ復旧し、敵艦隊の接近に備えた。緊張がみなぎり、乗組員が吐く息の音しか聞こえなかった。

Y－9Xの戦術航空士席で、鍾桂蘭海軍少佐は、過去に合成開口レーダー、逆合成開口レーダー、そしてLiDARを使って実験した時のビジュアル・データをモニターに表示させて、S機関の張高遠博士に説明した。

「モデルは、039A型潜艇。西側が元型と命名した潜水艦よ。通常動力艦としても全然大きく無い。水中排水量はほんの二四〇〇トンしかないから。われわれが狩らなければならないのは、たぶん日本のそうりゅう型で、この水中排水量は、四二〇〇トンにもなる。ほとんど倍よね」

「これって、LiDARですか。良いですね。ほとんど潜水艦の形に、水面が盛り上がっている」

「ええ、これは、実際の上下動を一〇倍に拡大して搭乗員の視覚に訴えるようにしているわけですが、深さは、東シナ海大陸棚の標準である、一二〇メートル前後でテストしました。潜水艦の速度は一〇ノット。深度は四〇メートルくらいかしら」

「巨大な排水効果が出て当たり前だ。あらゆる条件が、潜水艦に不利だ。べた凪だし」

「その通りです。ちょっと時化《しけ》ると、もうアウトね。何を使おうが何も見えない。でも実際には、その排水効果は発生している。波浪というノイズが取り除けないだけなのよ」

「つまり僕が、その波浪を全て計算し、この海面を、氷が張った真冬の湖のように、あるいは一面、水平線の果てまで拡がる鏡面のようにすれば良いんだ？」

「そういうことです。貴方が現れるまで、そんな発想は抱きもしなかったわ」

「了解です。一週間も貰えれば――」

「三時間でやって頂戴。三時間で方程式をプログラムに組み込んでもらうしか無いわね」

「僕が天才だと証明してみせたら、何をしてくれます？」

　鍾少佐は、少し辺りを気遣った。

「貴方が望むことをしてあげます！　私でよければ。何でしたら、クルーを指名しても良いわよ。命令しますから」

「それ乗った！　S機関にも女性はいますけどね、彼女たち、マジで変人なんですよ」

「ええ。貴方に変人呼ばわりされるくらいだから、だいたい想像つくわね。では頑張って下さい」

　哨戒機は、艦隊の中心部から、ぐるぐると螺旋を描くように哨戒エリアを広げて行った。

第六章　陰謀のセオリー

　シンガポールには、国際刑事警察機構《インターポール》の反テロ《ＲＴ》調整《ＣＮ》室が設置されている。それはシンガポールが誘致したもので、この機関のために、シンガポールは、中国大使館と背中合わせの場所にある米大使館から通り一本隔てた場所に立派なビルまで用意した。

　だが、そこの理事国メンバーらは、今はもっぱら米大使館に入り浸って捜査と調整を続けていた。

　ＲＴＣＮの代表統括官は、中南海入りも噂される中国人の許文龍《シュウェンロン》警視正であり、彼の粘り強い捜査指揮が、豪華客船でのテロ行為を暴き、それが上海に接岸して、大規模な感染が起こることを阻止した。もしこの危機で最大の功労者を探すとしたら、皆が彼を推挙することだろう。

　そして、次長は、アメリカＦＢＩから派遣されたメアリー・キスリング女史。黒人というハンディをものともせずに、出世街道をばく進する野心家の女性だった。それを警察庁から派遣された柴《しば》田《た》幸男《ゆきお》警視正と、韓国人の朴杋浩《パクボムホ》警視が支えていた。

　更に今は、イギリス対外情報部ＭＩ６の〝大君主《オーバーロード》〟こと、マリア・ジョンソン女史も加わっていた。

　許文龍警視正は、ソルボンヌ留学経験を持つ、スーパー・エリートだった。抜群のセンスと語学力、そして警察官に必須な、一度食らいついたら放さない執念も持ち合わせた男だ。

柴田と朴は、しばしば彼の迫力に気圧され、折れることもしょっちゅうだった。

しばらく席を外していた許が戻って来ると、テレビ・モニターに一瞥をくれた。日本からのライブ映像で、ライトに照らされる豪華客船が映されている。

護岸から撮影していたが、デッキに人影は無く、バルコニーも見事に無人で、目立たないようどの部屋もカーテンが引いてあった。客船自体は、まるで無人のように静まり返っていた。

だが、そんな中でも、補給活動はまだまだ続いていた。次々と物資が運び込まれるが、もちろん降りて来る者は一人もいない。

「メアリー、教えて欲しいことがあるんだが、この男性が誰なのかを知りたい。外交官ナンバーのワゴンから降りて来た。その外交官ナンバーは、米大使館の車らしい」

許は、スマホを出して一枚の写真を見せた。長身痩軀の男性が、タイベックス防護服を脱ぐところだった。だが、後ろ姿で、顔は全く映っていない。

「誰だかわからないわね？　どうしてこの人物が気になるのかしら。誰が撮ったの？」

「それは問題じゃ無いが、君に隠し事をする気は無いから教えるよ。客船を襲撃して生き残った、解放軍の兵士が隠し撮りした。この人物ともう一人が船に入ったことがわかっている。一人は恐らく、衛生兵か軍医だ。タイベックス・スーツの着方も脱ぎ方も手慣れた感じだったらしいから。だが、この男性が何者なのかを知りたい」

「大使館から派遣された、人質交渉人とかではないの？　何なら聞いてみますが」

「もう一つみせよう」

と許は、今度は動画を一本再生させた。その問題の男性が、タラップを降りてワゴンに近づき、ゴーグルを外した瞬間までが映っていた。

「これは、客船に乗っているアメリカ人乗客が撮影して、たった一時間前、ネットに上げた動画だ。一瞬だが、横顔が映っている」

「でも、不鮮明よね……」

「柴田さん。貴方に情報は？」

柴田は、一瞬だけキスリング女子を見遣った。

「ここで隠し事はなしよ。情報があるなら喋って構わないわ。そもそも私が知らないことで何かの隠し立てがされるとしたら、それも気に入らないし」

とキスリングが許可した。

「現場にいたうちの警官の情報では、一人は立ち居振る舞いからして軍医だろうとのことです。もう一人は、アラブ系に見えたということは聞いています。それ以上の情報はありません。米大使館に在籍している、外交官登録された人間でないことは確認が取れています。たぶん、顔認証に掛けたのでしょう。この人物は恐らく、軍用機で日本に来たのだと思います」

「そうだ。それが正しい。同盟国といえども、情報関係は信用しないのがこの世界の鉄則だ。うちの画像解析班も、この男性が、アラブ系だろうと指摘してきた」

「やっぱり人質交渉人ではないの？　ナジーブ・ハリーファと直談判するために国務省が遣したのだと思うけれど」

「交渉かどうかはわからないが、彼はブリッジに直行して、しばらく戻らなかったそうだ」

「どうしてそんなことまでわかるのよ？　中国人

代表団は部屋を出ていないでしょう?」

「それもどうでも良い話だが……」

許は、ブリーフケースからファイルを一つ取り出し、中のペーパーをテーブルに滑らせた。蛍光ペンであちこちラインが引いてあった。

「これは、日本政府経由でWHOに時々刻々と提出されている船内の感染者の情報だ。感染者の国籍、状態、死亡した人間もリストアップされている。国籍に偏りがあるように思えるのだが、気付かないかね?」

「中国人代表団とロシア人代表団の犠牲者が多いわね。一般乗客に関して言えば、さして人種の偏りは感じられないわ。もともと白人は少ないツアーだし。黒人は乗組員にしかいない。中国人の死者が多いのは仕方無いわね。ターゲットは中国代表団だったわけだし」

「アメリカ人が死んでない」

「そんなことはないわよ。少なくとも白人は亡くなっているわ。このオーストラリア人。七〇歳で、白人とあるし、重症者として診療所に運び込まれた感染者にも白人はいる。それにアメリカ代表団でも、何人かがもう発症して寝込んでいるでしょう」

「いや、寝込んではない。その二人のアメリカ人外交官は、風邪の症状が出ているが、横になるほどではない。ただ、他人に移さないよう隔離されているだけだ」

「なんでそんなことまで知っているの?」

「乗組員は世界中から集まる。ホテル部門も含めて。インド人、ベトナム人、フィリピン人。出すものを出せば、情報は集まる。つまり、日本もロシアも中国も、すでにセミナー出席の関係者に死者を出しているのに、アメリカ代表団だけは、未だに重症者すら出していない」

キスリング女史は、そこで初めてことの重大さに気付いて、目を剝くかのように驚いた。そして、マリア・ジョンソンを見遣った。たとえ同盟国に秘密があっても、米英間だけは、それを分かち合う関係だ。だが、ジョンソンは、「初耳ね……」と応じただけだった。

「つまり……、これはどういうことなの？」

「偶然、アメリカ人代表団の誰も感染しなかったか、あるいは、感染予防のワクチンでも打っていたか、どちらだと思います？」

「あり得ないわよ……。だってそれ、アメリカが、このテロを予知していたばかりか、すでにMERSのワクチンがこの世にあるということよ？　そんな都合の良い話はない。そんなワクチンがもしすでにあるとしたら、アメリカは自国民は助かるとわかっていて、MERSを世界中にばらまくテロに手を貸したことになるわ」

「あるいは、わざと起こしたか？」

「何のためによ？」

「中国だって、コロナでは散々言われましたよ。中国は、自国民にはたいして害を為さないことがわかっているウイルスを世界にばらまいて、わざと世界中にパンデミックを引き起こしたと。私だって言いたい。何の利益があって、中国がそんなことをするのかと」

「陰謀論はさておき……」

と朴警視が口を挟んだ。

「仮に、ワクチンがあるなら、それは喜ぶべきことですよね。量産すれば、ロックダウンして数ヶ月耐えるだけで済む」

「何ヶ月？　一四億人分のワクチンが量産されるまで三ヶ月、あるいは半年かね？　その間に、間違い無く疫病は世界に散らばるだろう。このMERSの致死率は、どう控えめに見ても、COVI

D－19の十倍はあるぞ。レストランを閉める程度では済まないし、世界の工場たる中国が、そんなにきついロックダウンを強いられたら、困るのは西側世界だろう。ネジ一本、手に入らなくなる。マスクも再び品薄になる」

「中国人の貴方から見て、合理性が無いなら、この陰謀説は成り立たないわね……」

「ええ。全く合理性はない。だから私も困っているんです。身体中のアンテナが、これはおかしい、何かあると警報を発している。例のウイグルのメンゲレことハリムラット・アユップ博士を追いかけ始めた時の突き上げるような衝動を感じている。だが、何もかも変だ。合理性がない。中国が、武漢ウイルスを世界中にばらまいたという陰謀論以上に合理性がない」

「あり得ないと思うわ」

とマリア・ジョンソンがやんわりと口を開いた。

「今、中国国内で拡散しているＭＥＲＳウイルスは、遅かれ早かれ、国外へと出る。ロシアやベトナム、韓国を経由して。客船経由で日本にも拡がるでしょう。仮に、そのワクチンがすでにあるとして、どこか秘密の工場で量産もされ、数億本がどこかの巨大倉庫で冷やされ、いざという時の出荷を待っているとしても、どうやって打つの？　ＣＯＶＩＤ－19の時は、国家の総力を挙げてそれを打つだけの合理性と利得があった。莫大なコストを懸けてそれをやる意味があった。また世界中、たかがワクチンを打つために、何兆ドルもの浪費を覚悟するとしたら、そんなの狂っているわよ。アメリカは何を好き好んでそんなことをするわけ？　仮に感染者の一〇パーセントが死ぬとしても、中国人一〇億人以上が生き延びる。これが形を変えた戦争だとしても無意味でしょう。その、アメリカ人代表団だけが無傷だというのは変ではあるけれど、COVID－19の初期だって似たようなことはあった。日本人も韓国人も、ほとんど死ななかった。彼らの致死率は、世界平均の十分の一以下だった。そういうことはたまに起こるのかもしれない。特定の国民性、特定の民族を外して襲うことが……。結論に飛びつくのは早すぎるわ。科学的に説明できる現象かも知れないし」

「そ、そうよね……」

とキスリングがほっと胸を撫で下ろすように言った。

「そのアラブ系男性の正体は、本国に照会します。中国が、その正体と目的を知りたがっていて、彼らはそれを知る権利があると伝えます。もし、国務省が何か隠し立てするようなら、そこに何かの陰謀があったということになるけれど」

「お願いします。正直、国内の状況は、あまり芳しく無い。感染者は増え続けているし、インターネット回線を完全に遮断するわけにもいかない。行政のかなりがそれらの回線に依存しているし」

「台湾への脅しなんて止めれば良いのよ。来年にだってできるでしょう。疫病との戦いと戦争を一緒にやるなんて馬鹿げているわ。貴方たち、ただでさえ少子高齢化が進むのに、いくら、一億、二億死んでもびくともしないと言っても、経済成長が鈍化したら政権の正当性や維持にも関わるはずなのに」

「私には、それを批判する権利はない。言いたいことがあってもね。党中央には、何かの考えがあるんだろう」

キスリングは、壁に掛かっているデジタル時計を見た。パリは夕方。アメリカ東部はすでにお昼近い。

「ちょっと、電話を何本か掛けて来ます」

キスリングが席を立つと、マリア・ジョンソンが「私も大使館に戻って来ます」と後に続いた。

ドアが閉まると、「貴方、何も聞いてないの？」とキスリングが畳みかけるように問うた。

「馬鹿げているわよ。私は仕事柄、毎日のようにその手の陰謀話に接している。出来の良くないストーリーだわ。そんなのＢＢＣのドラマ脚本としても通らないわよ」

「だと良いけれど……」

部屋の中では、許が柴田に質問していた。

「太平洋で客船に乗り込んだ自衛隊の医療班だけど、まだ誰も感染者を出していないようだが」

「彼らはそれが仕事だし、そもそも乗り込んだばかりです。そんなに急に感染はわからないでしょう。こまめにいろんな検査をしているとは思いますが」

「何かの予防接種を受けたとかの話があるかも知れない」

「東京に照会してみますが、もしその手の陰謀があるなら、警察には話さないでしょう。彼らが乗り込むことが前提だったとは思えない。それに、これから、海上保安庁の特殊部隊が急襲するとなったら、彼らだって感染の危険はある。そんな便利な話はないでしょう」

「手柄は、うちに譲ってもらえるんだろうね？」

「その話はもう、政府の上の方でついています。実行の主体は、船内に踏みとどまった解放軍兵士ということになっていますから」

「テロリストの遺体もこちらでもらい受ける。ワクチンでも打っていたら何かの証拠が出るかも知れない」

「それも、政府に要望は出しますが、仮に、何かの陰謀があるとしたら、アメリカが許さないでしょうね」

「あの客船はアメリカ船籍ではないし、日本は独立国だろう？」

「形ばかりは……。一応、伝えはします。テロリストの遺体なり生存者を引き渡さないと、日本政府が、痛くもない腹を探られることになると」

「柴田さんはどう思うね？」

「中国は、ＣＯＶＩＤ－19のウイルスを流出させましたか？……。答えはそれと同じです。仮にすでにワクチンがあったとしても、それを一斉に全人類に打てるわけではないし、中国人が一億、二億死んだら、共産党政権は倒れますか？　そんなことも起きないでしょう。考えても仕方が無い。これは、われわれ警察や情報機関が解くべき謎では無く、科学者が取り組むべき問題だと思いますね。私もちょっと大使館に戻って、諸々本国に伝えて来ます。突入作戦までまだ時間がある。食事くらい取れるでしょう」

　柴田も、具体的な作戦決行の時間は聞いてなかった。深夜過ぎということはあり得ない。テロリストの警戒が緩み、テロ・グループが出航を急がせる夜明け時だろうと思っていた。

　警視庁の特殊部隊もたぶんサポートとして出るだろうが、船内のことは、あくまでも海保の領分だ。こちらは気楽だった。


　潜水艦〝おうりゅう〟は、自艦の東側二〇キロを、一隻の江凱Ⅱ型フリゲイトが走り去って行くのをソナーで聴いていた。

　速度は七ノット。潜水艦からの攻撃を回避するために、之字運動をしているのがわかる。

　中国艦隊の大まかな配置は、最後に受け取った情報から変わっていない。つまり、フリゲイトや駆逐艦の位置を全く入れ替えないまま、南下しているのだ。それは、艦隊の編成に変化がないことを意味していた。下手なやり方だと永守は思った。すでに、魚雷発射管二門に、18式長魚雷二発が装塡されていた。

西側ほぼ真横、ほんの五キロの辺りを、もう一隻の江凱Ⅱ型フリゲイトが通過する。さかんにアクティブ・ソナーを打っていたが、ここは浅すぎる。音波はすぐ海底に跳ね返って来る。水上艦がアクティブ・ソナーを使って獲物を狩るには不利な場所だった。

永守は、チャート・デスクに歩み寄り、「まあ、こんな時に民間の船はいないよね……」と漏らした。

チャート上では、中国艦隊は、魚釣島まで、ほんの一二〇キロの地点まで接近していた。これが防空識別圏なら、完全に日本側の圏内に入っている。

スキップシートに座る艦長が「よろしいですか？」と小声で訊いた。永守が頷く。

「一番発射管、注水の後、発射！――」

発射管に海水が入り、前扉が開くと、18式魚雷は、光ファイバー・ケーブルを繰り出しながら、音も無く自走して出て行った。最初は、速度を落として追いかける。

〝おうりゅう〟は、次の獲物に取りかかった。西側、右舷側のフリゲイトに向けて18式長魚雷を発射する。こちらは、発射後すぐ速度を上げた。いったん、フリゲイトを左舷に見るコースを取り、艦尾に取り付いた。やがてやや右舷側へと回り込むと、船体横に並び、魚雷は九〇度舵を切った。音の反射面積がもっとも大きくなる船体真横から、アクティブ・ピンを打ち始めた。その時には、魚雷の航走速度は、もう五〇ノットを超えていた。

フリゲイトに為す術は無かった。ソナーマンが、その探信音に気付いて震え上がった次の瞬間には、横腹の真下に潜り込み、魚雷は爆発していた。船体中央部が盛り上がり、キールは真っ二つに折れた後、横倒しになった。

その間にも、先頭のフリゲイトを追いかける魚雷は、ワイヤーを引いて前進していた。距離一〇〇〇〇メートルまで接近した所で、一度だけピンガーを打った。母艦のコンピューターとソナーで敵の位置を確認すると、魚雷は修正データを受け取った後にワイヤーを切り、自走航行に移行した。これもいったんフリゲイトをオーバー・シュートして、横腹を狙う。

だが今回、敵艦は、対応時間があった。魚雷がS字状にジグザグに走って敵を翻弄しながら命中するまで、三分近くもあった。

デコイを発射し、フリゲイトは、大きく舵を取った。だが彼らは、魚雷がくるくる左右に位置を変えることに翻弄されていた。

最後には、魚雷の位置を確定しようと、闇雲にアクティブ・ソナーを使い始めた。18式魚雷は、艦首やや後方下で爆発した。艦のブリッジから前方が、まるでめくれるように持ち上がり、折れた後に海中へと没した。フリゲイトは、前方から浸水を始め、スクリューを空中にたかだかと上げながら没していった。

全長一三〇メートルのフリゲイトは、水面の僅か下に、スクリュー部分を残してしばらく浮いていたが、最後には、海底に垂直に立ったまま沈んだ。

〝おうりゅう〟は、針路を真東にとって脱出を開始した。

東海艦隊は、二隻のフリゲイトが撃沈されたことにしばらく気付かなかった。

付近を飛行していた哨戒ヘリが、フリゲイトの姿を見失い、何か水面でパチパチ、ランプがショートするような光景を目撃し、艦隊が、二隻のレーダー波が消失し、味方のレーダーにも反応がないことを確認して初めて、撃沈されたらしいことを悟った。

ただちに、哨戒ヘリが派遣され、暗視カメラで海面の捜索を開始した。夥《おびただ》しい浮遊物と、手を振る、ほんの僅かの乗組員を発見した。

東海艦隊旗艦075型強襲揚陸艦二番艦〝華山《ファーシャン》〟(四〇〇〇〇トン)の旗艦用司令部作戦室では、哨戒ヘリの無線が流れていた。

東海艦隊司令官の唐東明《タンドンミン》海軍大将(上将)は、

「殺られたのは二隻か？　それとも一隻なのか？」

と問うた。

「味方駆逐艦のレーダーには、二隻とも反応はありません。北海艦隊から借りた〝煙台《ヤンタイ》〟〝蕪湖《ウーフー》〟です」

馬慶林《マチンリン》大佐が報告した。

「就役して一〇年も経たない新鋭艦じゃないか？　大佐、まさか、借り物だから一番危険な場所に置いたなんてことはないよな？」

「いえ、新しくて一番脂がのっているから外周を守らせました」

「撃沈されたことすらわからないんじゃ話にならんぞ！　何かのステルスなミサイルなのか？」

「その可能性はありません。ミサイルの命中なら、後方の僚艦が、その爆発を見ているはずです。明らかに魚雷攻撃だと思われます。付近に、敵の潜水艦が潜んでいます」

「君が入れ込んだY-9Xが飛んでいるんじゃないのか？」

「敵の方が数枚上手でしたね。でも、この辺りにいたことはわかっている。逃がさずに見つけてくれることを祈りましょう」

「艦隊はどうする？　中華神盾艦は。下げるか？」

「まだ台湾空軍も日本も反応していない。しばらくこのまま南下しましょう。空軍も頑張ってくれているし、このまま釣魚島に接近できるかも知れない。今が踏ん張り所です」

「ふーん……。こいつは何だか、薄氷を踏む作戦だな」

「戦果を得るためには、危険を冒すしかありません。たぶん日本の潜水艦でしょうが、こういう警告を受けることはわかっていた。そのための哨戒機です」

「その潜水艦の攻撃は、二隻で終わるのか？　中華神盾艦を攻撃されたら目も当てられないぞ」

「自分は、二隻で終わると思います。なぜなら、彼らは、中華神盾艦を攻撃できたはずなのに、そうしなかった。警告を与えるのが目的です」

「よし。哨戒活動を活発にするために、空軍の前線を更に前に出してもらおう！」

〝華山《ファーシャン》〟は、艦隊の最後尾にいた。彼らより前に、最新鋭の中華神盾艦四隻が展開している。艦隊全体では、西側が中華神盾艦と呼ぶ、南昌級駆逐艦、昆明級駆逐艦、蘭州級駆逐艦一二隻で守られている。

日本の倍の数の中華神盾艦が出ていた。今回は下がれないという意地が馬大佐にはあった。

横田基地・航空総隊司令部の通称エイビス・ルームでは、シギント情報で、二隻のフリゲイトの喪失を確認した。最初は、無線封止下に入ったのかと疑ったが、海中を乱反射してきた爆発音を探知し、また哨戒ヘリが殺到し始め、最後は、その哨戒ヘリが生の音声で現場情報をレポートし始めたことから、撃沈を宣言した。

艦艇屋の福原邦彦二佐と、哨戒機乗りの樋上幸太二佐が、攻撃した味方潜水艦の位置を推定して議論し始めた。問題は、どちら方向に脱出を図るかだ。

「〝おうりゅう〟が仕掛けたのは、多分この辺り……。そこから移動するとして、東西南北、艦隊の中心部に殴り込んで、武器が尽きるまで攻撃し続けたい所だろうが、それは命令に無いし、無理なので、南へ逃げるか東へ逃げるかです」

と樋上が説明した。

「南へ逃げれば、台湾の庇護も得られるから、そちらへ逃げたい誘惑に駆られるが、しかしそれは中国軍も睨んでいるので、彼らは、沈没エリアの南に先回りして待ち受けようとする。自分は東だと思います。そのまま進めば、海自護衛艦隊と合流できるし、那覇にも近い。問題は、大陸棚がかなり長く続くことです。中国が制空権をとってそこまで追いかけて来ると辛い」

樋上は、大陸棚の端のラインをチャート上で指し示した。

「うちの艦隊はどの辺りまで接近できるの？」

と総隊司令部運用課別班班長の羽布峯光一佐が訊いた。

「わかりません。というのも、中華神盾艦が装備する艦対空ミサイルの射程がどのくらいなのかはっきりしない。探りを入れつつ前進するしかありません。こちらのイージス艦で、敵の戦闘機を脅しつつ、空自戦闘機は、敵の哨戒機を脅して前に出るしかない」

「われわれがそういう戦術だと、中国は、水上艦隊を守るために、戦闘機部隊を、より強気で突っ込ませることになる。中には、爆装した戦闘機も含めて、それらが魚釣島に襲いかかるだろう」

「なので、われわれは、イージス艦隊をさらに前進させます。魚釣島の西へと」

「大丈夫なの？」

「これは、空自と海自の信頼関係を試す良いチャンスですよ」

　羽布は、喜多川・キャサリン・瑛子二佐を見遣った。

「南側は、台湾空軍が受け持ってくれるから、敵の戦闘機が突っ込んで来る方角はわかっている。中国空軍の機数を確実に減らせます」

「ああ！　来た来た！　こいつだ。例のＬｉＤＡＲを積んだ奴。拙いぞ……」

　戦闘機の数はまだたいしていないが、固定翼の哨戒機も増えて来た。〝オメガ01〟が高度を三〇〇〇フィートほどに保って現場海域に近づきつつあった。

「大丈夫です。この哨戒機を撃墜するためだけに、ステルス部隊を待機させてありますから」

　喜多川が自信ありげに言った。奄美大島南方空域で、四機のＦ－35Ａ戦闘機が旋回中だった。それが、西へと針路を変えた。

　中国艦隊は、そこで前進を止めるかと思われたが、艦隊速度は落ちなかった。こりゃ、もう二、三隻沈める必要が出てくるぞ……、と羽布は警戒した。

　きっと台湾空軍も動き出すだろう。単なる防空だけではなく、空対艦ミサイルを装備した戦闘機を繰り出して、解放軍に仕掛けるはずだ。向こうが減らしてくれれば、自分らは、これ以上、手を汚さずに済む。

　新田原基地で待機していたＦ－２Ａ戦闘機部隊は、空対艦ミサイルを装備して離陸準備に入った。いざとなったら、艦隊を側面背後から襲撃すると見せかけて圧迫を与える戦術だった。撃たずに済めば良いが……。撃たずに済むことを羽布は祈った。

Y－9X哨戒機は、ディッピング・ソナーを海中に降ろす哨戒ヘリより遥かに高い高度を飛んでいた。

S機関の張高遠《ツァンガオユエン》博士は、「訳がわからない！」と鍾桂蘭《チォンクイラン》少佐の耳元で怒鳴った。

「彼ら、あんな所でソナーなんか降ろして何をやっているんです？　こんな浅い海で、あんなのが役に立つわけがないでしょう？」

「それがマニュアルだからそうやっているんです。それに、アクティブを使えば、潜水艦は、そこに哨戒機がいることを知って、いつかヘマをしでかす。敵にプレッシャーを与えるためよ」

「そんな柔な相手じゃ無い。この辺りは四〇分前に一度哨戒してL i DARで海面をなぞっている。そりゃ、僕の方程式はまだだが、見えなかったはずはない」

「そう言い切れる？」

「もちろん。いくらなんでも、この深さで四〇〇〇トンですよ。そんなものが動けばエベレストみたいな目立った山が現れる」

「では、私たちがここに来た時、敵潜は動いていなかったということね。ここで待ち伏せしていた」

「じゃあ、今もまだ海底に沈んで、われわれをやり過ごしているのかも知れない」

「その可能性はあります。その場合は、次の攻撃があるかも知れないけれど、現状ではその可能性は低い」

「なぜ？」

「彼らが潜んでいた位置からなら、最低でも二、三隻、中華神盾艦を狙えたはずなのに、彼らは外周を守るフリゲイトの攻撃に留めた。単なる警告の意味よ。それ以上、近づくなと。任務は達成した。後は脱出するのみね。今、敵は動いている。たぶん速度は、五ノットも出ていないはずだけれど、本機を中心にして、ほんの三〇キロ圏内にいるわ。必ずLiDARに引っかかる」

だが、海面は所々白波が立っていた。風も出て来ていた。この高度では、機体がガタガタ揺れていた。

「下を飛び交う哨戒ヘリや固定翼の哨戒機が発見する確率はあるんですか?」

「ゼロではないけれど、まあ奇跡が必要よね。統一感がなさ過ぎる。みんなバラバラに動いている」

「見ていてもわかる。ミツバチの方がまだましな集団行動が取れる」

だが、錘は、袋の鼠だと思っていた。敵が動けば、必ずいつかはLiDARに引っかかる。向こうはせいぜいロードバイクに毛が生えた程度の速度でしか動けないが、こちらは、自由に飛び回れるのだ。流れている時間が違う。向こうはスローモーションで逃げる犯人。こちらは、パトカーで追いかけられる。

浩菲《ハオフェイ》中佐が指揮するKJ－600(空警－600)は、ようやく空へと上がった。突貫工事で、ほんの二日間で修理を終えて空に戻った。だが、システムはまだだ。

レーダーに火を入れて、無事に動くかもわからない。

すでに、味方のフリゲイト撃沈の情報は届いていた。後輩が乗る哨戒機が心配だった。味方艦が殺られたことで、無茶をしそうな予感があった。

　レーダーに火を入れる前に、電子支援対策《ESM》で、敵艦隊の情報を探る。味方艦隊からもそれらのデータは届いていたが、自分の眼で確認したかった。イージス艦は、二日前より遥かに西に出て来ている。そろそろ釣魚島の西海域に展開しそうだった。

「機長、提案があるんですけど？」

　と浩はインカムでコクピット・クルーに呼びかけた。

「高度を二〇〇〇メートル前後まで落としたら、見える水平線の見通し距離はどのくらいかしら？」

「ざっくり言って一七〇キロです」

　六人いる搭乗員のうちの唯一の男性である機長の葉凡《イエファン》海軍少佐がコクピットから答えた。

「そんなものよね。では、その高度まで落とせば、敵のイージス艦から本機は見えないということよね？」

「はい。それ、中佐の方が詳しいですよね？　でも、それでは早期警戒機としての務めは果たせませんよ？」

「ただ、そのぎりぎりの距離ですら、イージス艦はわれわれの眼を潰せるのよ。接近する敵の戦闘機は、水平線上を飛んで来るわけじゃないし、空軍の空警機も飛んでいる。われわれは自分たちの安全を保持しつつ、まずはシステム調整に徹しましょう。桂蘭の哨戒機さえ見えれば良いわ」

「了解です。高度を下げて警戒飛行に入ります」

　レーダーの火を入れてみたが、案の定、何の反応も無かった。モニターにエラーの文字が一行だけ表示された。無情のメッセージだ。ここでは、背中の〝お椀〟を開けて障害の原因を探すわけにもいかない。

　機内で出来ることをやって起動するしかなかった。まずは、システムの再起動からだ。Y－9X

哨戒機には、専用の護衛戦闘機も付いてくれている。彼らは、必ずその哨戒機の外周を警戒するように命じられている。しばらくは大丈夫だろうと思った。

哨戒機を指揮する鍾少佐は、モニター画面の左端に、EOセンサーの暗視画像を表示させていた。生存者がいる。数としては、たぶん二隻ともほんの十数名だろうが、それらを救出するために、味方のフリゲイトが向かっていたがまだ時間が掛かりそうだった。

救難ヘリも飛んで、海面のあちこちに救命筏を投下し、レッドフレアも投げている。その前方で、哨戒ヘリが海面ぎりぎりまで高度を落としてホバリングし、ディッピング・ソナーを降ろしていた。

「彼ら、潜水艦を探しているんじゃない……」

やがて、張博士がぽつりと言った。

「効果はなくとも探しているのよ」

「違う！　連中は、あそこから動きたくないんですよ。前に出れば、それだけ目立って敵の戦闘機の餌食になる。でも、ソナーを水中に降ろしている間は、動けないでしょう？　動かなくて済む。そういうことですよ」

「なんてことよ！……。どの道、当てにはしてないわよ」

鍾少佐は、艦隊の哨戒参謀にテキスト・メッセージを送った。ホバリングしてサボっている哨戒ヘリに仕事させろと。

「方程式が一本出来た！　プログラムを一本入れ替えます。ＬｉＤＡＲの火を一回落として下さい」

「了解。その間、合成開口レーダーと逆合成開口レーダーで海面をスウィープします」

「深圳の学究都市に行ったことがありますか？」

プログラムをインストールしてシステムを再起動する間、天才青年は、話題を変えた。

「ファーウェイの？　専用の鉄道が走っているという奴でしょう？」

「ええ。どこかのテーマパークみたいな街ですよ。安全だし、綺麗だし、何もかもが人工物。中国な感じがしない。臭くないし、痰を吐くジジイもいないし」

「貴方、そこで一生暮らしたいの？」

「いえ。ちょっと無機質な街ですよね。職場としては良いけれど、中国本来の賑わいというか、潤いはない。でも、若者がデートするには良い場所です。小洒落たカフェとか、イタ飯屋もあるし」

「案内できる？」

「うーん、僕、あんまり食べるものには拘らないので、普段は、机の前で例のボックス・テイクアウトを食べる程度なんだけど……」

「教えておくわ。良い女を口説くには、それなりの装備と経験が必要よ」

「はい、はい、そうですね！」

青年は深々と頷いた。モニターの端に、システム・アップロードが進行中であることを示すバーが伸びてくる。

「駄目ですかね？　僕って」

「そんなことはないわよ。貴方はそう、香港の尖沙咀《ツィムサーツイ》辺りを屯《たむろ》している宅男さんよね。髪を洗うのは面倒だからいつも短髪。フレームで視界が遮られるのが嫌だから、ファッション・センス皆無の縁なし眼鏡。仲間内だけに価値がわかるコミコンTシャツに、もっぱら実用性のみを追求した大型ザック。中に入っているゲーミングPCに至っては、もう悪夢と言っていいわ。おまけに車に乗らないとなると……。でも貴方はそこいらにいる普通の男じゃない。エリート軍人百人が束にな

って も、貴方の才能には遠く及ばない。外見や仕草なんてどうでも良いものよ。そういう相手を探しなさい。ああいう人はちょっとね……、と眉をひそめるような女は、貴方の価値がわからないということだから、気にしちゃ駄目よ」

「それ、誉めてます？」

「もちろんよ。貴方の身なりを変えるべきだとは思わない。貴方のその全てが、貴方の今の思想や哲学を表現している。私は、魅力的だと思うわよ。人間の価値は、話してみて初めてわかるものよ。でも、私が何を言いたいかと言うと、普段貴方の周りにいる、化粧気の無い同僚研究者たち。ヘアスタイルは野暮ったくて、いつもぼさぼさ、毎日同じスカートとパンプスを履いて、カフェの外テーブルで女子トークに励むでもないイケてない同僚にも、魅力を秘めた女性はいるということよ」

アップロードが終わってL·iDARが立ち上がる。海面を走査し、処理した映像をデフォルメして表示させると、以前より波浪が心持ち収まっていた。

「一歩前進よね」

「長い道のりだ。夜明けまでに、この倍には精度を上げたいな。過去三〇分のデータにアクセスできます？」

「過去に遡って処理できるの？」

「ええ。やってみますよ」

結果は、五分で出た。その映像を見た瞬間、鍾少佐は、息を飲んだ。心臓が止まるかと思った。海面に一本の筋が浮かび上がっていた。まるでウジ虫が這ったような跡だ。しかもその筋は、不規則にコースを変えていた。

「間違い無い！　四〇〇〇トンの排水効果よ。この技術さえあれば、大陸沿岸部から全ての外国潜水艦を排除できる！」

天才は、ふう！――、と大きなため息を漏らした。まるで死刑囚が銃殺刑を免れた瞬間のような顔だった。

「機長！　武器担当は、航空爆雷の投下用意を！　敵潜を発見したわ。ソノブイの投下用意もお願い」

Y－9Xは、潜水艦の想定位置へと向けて高度を落とし始めた。

浩菲中佐は、三度目のシステム再起動を試みていた。機長が、「これで駄目だったら、いったん寧波に戻りましょう？」と提案して来た。

浩は、モニターに両手を合わせて拝んだ。お婆ちゃん……、長いことお墓参りしていないけれど、この戦争が終わったら、真っ先にお墓参りに帰省するわ。だからお願い。孫を助けて！

三度目、ふらつきながらもシステムは立ち上がってくれた。風があって機体がガタガタ揺れている。

「最初は、出力最小でお願い。桂蘭の哨戒機は何処？……」

思っていたより、東側に出ている。彼女の機体より外側を飛んでいるはずの戦闘機は、ずっと内側に留まっていた。

「この哨戒機は、なんで高度を下げているの……」

「敵潜を見つけたんでしょう！」

と副操縦士の秦怡《チィンイー》大尉がコクピットから教えた。

「レーダー、デュアル・バンド・モードへ。さらにゆっくりと出力を上げるわよ……」

彼我の戦闘機がレーダーに映り始める。まだミサイルの撃ち合いは始まっていない。双方ともにとっくに空対空ミサイルの射程距離内に入っているのに、どっちが先に引き金を引くのか睨み合っているのだ。こちらも日本側も双方、六〇機を超える戦闘機が編隊を組んで睨み合っていた。

敵のイージス艦は、いるはずだが、イージス・レーダーはまだ探知していなかった。前回と同じだ。いや、釣魚島東側にイージス艦がいる。この二隻はイージス・レーダーを使っている。すると、無線封止下のイージス艦がたぶん最低二隻は、釣魚島の西にもう入っているということだ。

空軍の四発大型空中早期警戒管制指揮機のKJ−2000（空警2000）のデータを拾うと、そっちには、そのイージス艦が映っていた。ぎりぎり釣魚島の西を航海する大型船が不明目標として表示されている。これがイージス艦に違いない。今回はだが殺られずに帰還したいものだ。

空軍の空警機も、集束ビームを喰らわないよう、艦隊の遥か後方に留まっている。自分たちは、それより前方に出ていたが、これはこれで危険だった。

「機長！　さらに高度を落として頂戴。イージス艦がすぐそこにいるわ」

「何なら、海面すれすれを飛びますか？」

「それでも構わないわ。接近する戦闘機さえ拾えれば良い」

デュアル・バンド・レーダーが作動し始める。こちらは不具合はなさそうだ。たった二日の修理でここまで辿り着けたのは奇跡だ。本来なら、半年は掛かる大修理だったのだ。

この高度で探れる最大距離に、奇妙な影が現れていた。消えたり見えたりしている。速度は、亜音速。戦闘機の巡航速度よりは僅かに速い。

最初、それは何かのゴーストだと思った。反応の数が不安定なのだ。一つだったり、三つ、四つに増えたりしていた。真っ直ぐ、Y−9X哨戒機に向かっていた。それが、哨戒機に向かっていることで、浩中佐はハッ！　と気付いた。

「見えた！　見えたわよ。ステルス戦闘機が向かって来る。Ｆ－35Ａ戦闘機の、たぶん四機編隊が真っ直ぐ突っ込んで来る。通信は、味方に警告を！　桂蘭を直接呼び出して、逃げろ！　と命じなさい。ステルスが襲って来ると――」

浩中佐は、もどかしそうにショルダー・ハーネスを外して立ち上がり、通信コンソールに歩み寄って、自ら哨戒機を呼び出した。

Ｙ－９Ｘは、まず潜水艦の想定位置のかなり前方を大きく旋回し、ソノブイを三本投下した。それで三角点測量が出来る。三六〇度旋回し終える間にも、ＬｉＤＡＲは、その芋虫状の盛り上がりが、海面を突き進む様子を精確に捉えていた。巨大な排水効果だ。速度は、四ノットも出ていない。

哨戒機は、その芋虫を、右舷側斜め後方から三〇度の角度で追い越せるよう飛んだ。

爆弾倉が開き、一五〇キロの航空爆雷が用意される。

「戦術航空士！　空警機より警告あり、敵ステルス戦闘機が向かって来るそうです」

と通信士が叫ぶ。

一瞬、ＡＥＳＡレーダーを見たが、そんなものはもちろん映っていない。

「あと、あとにして！」

「浩中佐から直接、急いで回避しろ！　と言ってきました」

「了解とだけ返事しなさい！」

四発の航空爆雷が投下される。その瞬間、天才青年が「チッ！」と呻いた。

「針路が変わった！」

潜水艦は、当然小刻みに針路変更する。つい三分前にそれがあったばかりだ。しばらくは真っ直ぐ進むだろうと想定しての攻撃だった。

「結果を待ちましょう。傷ついて浮上するかも知れない。あるいは降伏の合図として」

ＥＯセンサーを東側の空中へと向ける。だが、まだ何も見えない。

「監視は、機体東側に注意を。護衛戦闘機はどこよ？……」

海中で連続した爆発が起こる。続いて、その爆発の衝撃波が、何か巨大な壁にぶつかって反響を繰り返す音を、ソノブイが拾った。自動的に三角点測量が行われ、位置が特定される。ＬｉＤＡＲの情報と見事に重なっていた。そのＬｉＤＡＲは、爆雷による水面の盛り上がりも記録していた。デフォルメされているせいで、まるで水柱が立ったようにそこだけ柱状に盛り上がっていた。

鍾少佐は、結果が出たことを祈った。周囲から、哨戒ヘリが向かって来る。二機、三機と。レーダーに、敵の戦闘機編隊が映る。だがそれはステルスではなく、既存のＦ－15戦闘機だった。四機、八機。保たれた均衡が一気に崩れようとしていた。ここはミサイルが飛び交い、航空機の墓場になると思った。

ソノブイは、爆発と反響音は拾ったが、不思議なことに、推進機音は拾えなかった。こんなに近くにソノブイを投下しながら、その推進機音は全く拾えないのだ。まるで化け物だ……。四〇〇〇トンもの潜水艦をこんなにも静かに動かせるなんて。

浩中佐は、通信コンソールの背後に立ち、隣のレーダー画面を見ながら、「何やってんのよ！」と誰へともなく怒鳴った。

「なんでこのバカはとっとと逃げないのよ？」

哨戒機は、一向に避難する兆しは見えなかった。

それどころか、味方の哨戒ヘリまで近寄って来る。

そして、敵のステルス戦闘機は、いよいよくっきりと反応を示すようになった。

間違い無く、Y－9Xを狙っている。哨戒ヘリや戦闘機がターゲットではなかった。この四機は、Y－9Xただ一機を撃墜するためだけに用意され、突っ込んで来たのだ。

味方戦闘機の編隊も、ようやく前方へと出てくる。エアカバーを提供しようとしていたが、たぶん先にミサイルを撃たれることになるだろう。

低く、低く飛びなさい……。と浩は祈った。この時化だ。低く飛べば、シークラッターに紛れて、哨戒機は見えづらくなる。万一攻撃を食らって墜落しても、海面に不時着できる確率が上がるだろう。

桂蘭、判断を誤らないで！　と思った。クルーの命を守るのが最優先なのよ。それが指揮官の心得なのよ！

だが、哨戒機は、一向に避難せず、二度目の攻撃を試みようとしていた。もう、万事休すだと思った。

第七章　尖閣沖航空戦

　永守が意識を取り戻した時、航海長の「舵！　舵だ！」という怒鳴り声が聞こえた。暗視照明が消えている。真っ暗闇だ。何かゴムが焼けるような臭いが鼻を突いた。

　潜望鏡の柱に背中から飛ばされ、後頭部を打っていた。

　だが、カーテンで仕切られた水測室からの「爆雷！　爆雷投下！」という警告は覚えていた。それで、多くの乗組員が身構えたはずだ。

　航海長が操舵手の背後から舵を必死に支えているのが、誰かのマグライトに照らされた。何かのシステムが落ちていたし、たぶん焼けてもいたが、それが何かはわからない。

　艦長が応急班を編制して損傷箇所のチェックを始めていた。

「航海長！　報告を――」

「はい、潜舵を爆風で叩かれ、いったん海底に舳先が突っ込みましたが、その損傷はたぶんありません。軟泥を擦った程度です。問題は舵で、動いていますが、少し重たくなっています。作動軸がぶれたか、破損したかの恐れがあります」

「航海に支障は？」

「今の所ありません。浸水の報告なし。停電は、ブレーカーが落ちただけです」

艦長が、さらに針路を修正させた。水面から、無数のアクティブ・ソナーが襲って来る。直接船体を叩いていた。

「艦長、しばらく沈底するか？」

「いえ、味方を信じて、このまま脱出しましょう。システム・チェックしつつ脱出します」

「賛成する――」

〝おうりゅう〟は、僅かに深度を取って、引き続き、おおむね東へと脱出し続けた。

空自の空中早期警戒管制《AWACS》指揮機からも、イージス艦からも、その攻撃の模様は見えていた。少なくとも、その真下に味方の潜水艦がいるということだ。

那覇のイーグル飛行隊が、魚釣島北西空域で、攻撃の火ぶたを切って落とした。相手は、フランカー擬《もど》きのＪ－11戦闘機の編隊だ。

その編隊の真南からも、台湾空軍の戦闘機が上がってきて襲いかかる。まるで、日台連携しているような攻撃だった。

フランカー擬きは、奮戦はしたが、初手の数で圧倒されていた。正面と右翼側からの圧迫を受けて、たちまち十数機が叩き墜された。だが、これは序の口で、解放軍も想定していた状況だった。

その背後、艦隊上空やや大陸寄りには、まだ百機前後もの戦闘機が編隊を組んで飛行していた。

それが、ぐんぐんと前に出てくる。彼らの真下には中華神盾艦が何隻も居座り、敵戦闘機はおいそれとは近寄れなかった。

Ｙ－９Ｘは、二度目の爆雷攻撃に入ろうとしていた。これが最後の攻撃だ。残念ながら、魚雷の類いは装備していない。それは、哨戒ヘリなりフリゲイトに任せることになっていた。

　ＬｉＤＡＲには、相変わらず敵潜水艦が映っている。速度も落ちていない。

「機長、今度は、敵潜の急回頭に備えて、真後ろから平行に飛んで下さい。どっちに舵を切られても良いように」

　だが、機長の返事は無かった。

「機長！　聞こえてます？」

「敵戦闘機が向かって来ます――。これ以上の攻撃は無理です！」

「ここまで追い詰めて。味方の戦闘機が追い払ってくれるわよ！」

　その途端、レーダー警報が鳴り響いた。接近するＦ－35Ａ部隊のレーダーに火が入り、ほとんど同時に照準用《ロックオン》レーダーを浴びせて来た。撃墜されたくなければ、去れ！　というメッセージだ。

「味方はどこよ？」

　護衛戦闘機の四機が、空警機の指示ですでにステルスへと向かっていたが、敵はそっちには関心がない様子だった。

　続いてミサイル発射を確認する。ＡＥＳＡレーダーに、合計四発の空対空ミサイルが映っていた。

　機体がぐーんと沈み込む。機長は、一気に高度を下げた。海面のシークラッターに紛れ込む作戦だ。海面がぐんぐんと近づく。ＥＯセンサーのカメラに、白い波頭が映った。

　前方に、乱舞する哨戒ヘリの群れが見える。機長の作戦は明らかだった。

　味方の哨戒ヘリをミサイルにくれてやり、その隙に逃げるというものだ。この機体は貴重だ。残念だが、そのアイディアに乗るしか無い。

「ハーネスを締め直して！」

　と鍾《チオン》少佐は、隣の天才青年に怒鳴った。

「海面に突っ込む！」

「ええ。その前に引き起こせる。でも、救命胴衣の使い方を教えたっけ？」

「水泳なんて――」

と天才青年は絶句した。初めての飛行機で不時着なんてさせたら、この青年は、一生、飛行機に乗ることはないだろうな、と少佐は思った。

機長は「引き起こすぞ！」とコールすると、寸前にチャフ・フレアを発射した。マグネシウムのチャフ・フレアが扇状に拡がり、コクピット周囲も、まるで真昼のように明るく輝いた。

海面はもうすぐそこだ。機長は、機体を引き起こしつつ捻って針路を変えた。ミサイルはチャフには引っかからなかったが、別の獲物に引っかかった。

二機の哨戒ヘリがＡＩＭ－120アムラーム・ミサイルを喰らって爆発した。一発は、その破片がばらまくノイズに邪魔されて海面に突っ込んだ。だが、最後の一発が、Ｙ－９Ｘの水平尾翼を捉えた。至近距離で爆発し、機体はコントロールを失った。

キャビンの電気も落ち、機体は急激に勢いを失って海面へと落下していく。キャビンの気圧が抜けたのがわかった。胴体のどこかに孔が開いている。

「これ、助かるんですか！――」

と天才青年は、肘掛けを摑みながら叫んだ。

「そうね！　高さ四〇〇メートルの超高層ビルから、毛布を被って飛び降りるようなものよ！」

ＥＯセンサーも、モニターももちろん落ちている。機内は真っ暗になった。

「不時着に備えてくれ！」

と機長が叫んだ。水平尾翼はもう全く動いていなかったが、機長は、最後の最後にパワーを入れた。そのお陰で、機体は僅かに機首を上げ、尾部から着水した。

だが、助かったと思った次の瞬間、ドーン！

と頭から海面に叩き付けられた。全身の骨が砕け散ったかと思うほどの衝撃だった。

　鍾少佐は、激しく肩を揺する青年に起こされた。もう足下まで水が来ている。そして何より、機体は波浪に翻弄されていた。浮かんでいるのが不思議なくらいだった。

「みんなを脱出させて！」

　誰かが「ハッチが開かない！」と喚いていた。歪んで開かないのではない。外からの水圧で開かないのだ。

「天井よ！　天井の脱出用ハッチを開けなさい」

　幸い、クルー全員が生きている様子だった。だが、波が襲う度に、水かさはどんどん増していく。

　脱出用ハッチの裏側に据え付けられたラダーを降ろし、脱出用ハッチを開ける。誰かが投げたLEDライトが、水の下から、その天井を照らしていた。

　一人ずつ脱出を始め、ラフトのバッグを途中で一つ放り出した。天才青年が脱出する頃には、水はもう胸の辺りまで来ていた。

　コクピットはもう見えない。「機長！　機長！」と叫ぶ。

「ラフトをもうひとつ押し出す。われわれは、コクピットの脱出用窓から出る。行ってくれ！」

　鍾少佐は、首の辺りまで水が来た所で、ハッチに取り付いた。屋根から、青年が両手を使って引っ張り上げてくれた。近くを、すでに膨張したラフトが漂っている。だが大波に翻弄されていた。乗組員が必死にそれに向かって泳いでいた。

　少佐は、青年のライフジャケットのガスボンベを開放して膨らませると、自分のジャケットも膨らませた。

「腰をきつく縛ってあるわね！」

　青年は大きく頷いた。突然、下から、ラフトの筒が押し出された。機長が下から押し出していた。水はもうそこまで来ている。

　少佐と青年は、二人がかりで、その筒を引っ張り上げた。もう屋根が浸水し始めている。その場でラフトを展開させた。その頃には、もう機体は水面下だった。アンテナや垂直尾翼すら見えない。まず青年を乗り移らせると、少佐は、機長と副操縦士が浮き上がってくるのをしばらく待った。だが、波は大きく、視界はない。先に膨らんだラフトとはどんどん離されていく。

　何度か叫んで呼びかけたが、返事は無かった。ライフジャケットのＬＥＤランプを点灯させると、どうにかボートに乗り込んだ。六人用のラフトだ。少佐は浸水を防ぐためのファスナーを閉じると、一箇所だけ小さく開き、そこからＬＥＤライトを突きだして、海面を照らし、後から浮上して来る者に合図を送り続けた。だが、返事はなかった。

　もう生存者はいないと悟りかけた時、空からのエンジン音がようやく耳に入った。その戦いに気付いた。あちこちで、ミサイルが爆発し、戦闘機が落ちてくる。海面に激突する度に、炎と爆発音が聞こえた。

　少佐は、その数を数え始めた。

　イージス護衛艦〝まや〟の司令部作戦室《FIC》では、第一護衛隊群司令の國島俊治海将補が、「ここらで良いだろう」と無線封止の解除を許可した。

　戦闘機は飛び回っていたが、台湾空軍が善戦してくれるせいで、本艦に脅威をもたらすものではなかった。

　敵艦はまだレーダーにも映らない。だが、それも時間の問題だろう。戦術情報システムがアップデートされ、自艦が無線封止を解除したことが表示された。

「台湾空軍は、しばらくもちそうですね」

と首席幕僚の梅原徳宏一佐がほっとした顔で言った。

「そりゃ、こっちへ来れば、われわれに撃墜されるとわかっているからね。解放軍の戦闘機は、手足を縛られて飛んでいるようなものだ」

「フリゲイト撃沈から、すでに三〇分以上が経過しました。しかし、中国艦隊が後退する気配はありません」

「どうしたものかな……」

台湾空軍の戦闘機が、ハープーン空対艦ミサイルを発射し始めた。水平線の彼方にそのミサイルは吸い込まれて行くが、何を狙っているかはわかった。水平線の向こうの情報も、E－2D哨戒機や、グローバルホーク、あるいはP－1哨戒機等の監視情報から得られている。

この正面の巨大スクリーンに表示されているのは、それらの監視システムから得られた複合情報なのだ。

「どう思う。交戦法規では、われわれに、見えてもいない敵艦を攻撃する許可は与えられていないが……」

「どの道、遭遇はしますよね。もう一時間もすれば。ただし、その一時間、われわれが持ち堪えられるかどうかは疑問です」

「では、台湾空軍を助けてやる程度のことは可能だよな。要は、われわれが撃沈したのでなければ良いんだ？」

「そうですね。彼らの飽和攻撃を助けてやることは出来ます。いる場所はわかっているのですから、搭載した旧式ミサイルを減らすことは出来る」

「じゃあ、やってみるか。この新型の中華神盾艦に向けて、90式を発射しよう。どうせもう量産はされないミサイルだ。その中華神盾艦の能力も見てみたいしな」

〝まや〟が発射管として艦中央に八基装備する90式艦対艦ミサイル八発が、タイム・オン・ターゲットで順次発射された。ミサイルは、目標の想定位置へと向かってしばらく飛んだ後、それぞれ四方八方から同時に着弾するようなコースを取って近づいていく。

すでに後継の17式艦対艦ミサイルが開発され、二番艦の〝はぐろ〟はそちらを装備していた。

台湾空軍の第二波攻撃が始まろうとしていたが、このミサイルの航跡を発見し、しばらく行き足が落ちた感じがあった。

魚釣島の遥か南方に留まっていたE－2D〝アドバンスド・ホークアイ〟が、攻撃を見極めようと、高度を上げつつ徐々に前に出てくる。この共同交戦能力《CEC》を持つE－2Dの情報が一番頼りになった。

前夜は、これで中国の飽和攻撃を退けたのだ。旧式の90式対艦ミサイルに囲まれた昆明級の中華神盾艦は、すでに十数発、艦対空ミサイルを消費した後だった。

中華神盾艦でも、それなりのことは出来るだろう。八発のミサイルに同時対処するくらい朝飯前だろうと思った。

だが、意外なことが起こった。撃って来た対空ミサイルは、ほんの五発だった。背後から狙ったミサイルに対してだけだ。残る三発は、左舷側前方から襲いかかった。主砲がほぼ水平発射され、調整破片弾で弾幕が張られる。二発がそれに引っかかって爆発した。

そして最後の一発は、近接防空火器に叩き墜された。台湾空軍は、その状況を確認すると、直ちに攻撃に掛かった。

　八機ものＦ－16Ｖ戦闘機が、ハープーン空対艦ミサイルを合計一六発発射した。

　残念ながら、中華神盾艦にはもう対空ミサイルは残っていなかった。それでも四発を迎撃したが、残る一二発のミサイルが次々と命中した。海面には、跡形すら残らなかった。

　そして、中国艦隊には、背後側面から別の脅威も接近していた。Ｆ－２Ａ戦闘機の八機編隊が、各機四発の空対艦ミサイルを装備して接近中だった。

　最後尾左翼に大型艦がいた。中国海軍が配備を進める最も大型の中華神盾艦・南昌級駆逐艦〝台州《タイズー》〟（一三〇〇〇トン）に襲いかかろうとしていた。

　西側の基準では、巡洋艦に分類される大型艦だった。一一二セルもの垂直発射基を持つ、世界最大のイージス艦だ。

　Ｆ－２編隊は、水上艦のレーダーに懸からないよう、この夜中に、海面すれすれの超低空を飛んでいた。中国側の早期警戒機に映っていることはわかっていたが、敵は共同交戦能力は持たないことを前提としていた。

　フランカー擬きが出てくるが、彼らのやや右翼に展開していたＦ－35部隊が、突然レーダー波を浴びせた。

　闇夜でヘッドライトを当てられたようなものだった。敵戦闘機部隊は、たちまちちりぢりになった。

　そして、Ｆ－２部隊は、徐々に高度を上げると、レーダーに敵艦を捕捉して旧式のＡＳＭ－２、93式空対艦ミサイルをまず発射した。ターボファン推進なので、射程距離は長いが速度は遅い。音速以下だ。

　敵艦が戦闘機を狙って来る前に、Ｆ－２部隊四機はミサイルを撃ち尽くしてさっさと後退する。だが、最新のＡＳＭ－３Ａミサイルを搭載した四機編隊は、まだ超低空のまま進んでいた。

　敵艦に六〇キロまで接近した所で、ひょいと高度を上げ、ミサイルを発射した。インテグラル・ロケット・エンジン推進のＡＳＭ－３Ａ空対艦ミサイルは、マッハ三に速度を上げ、先に撃たれた一六発のミサイルをあっという間に追い越した。

　敵艦が反応し、やや高度を保って飛ぶＡＳＭ－２ミサイルに対して、次々と艦対空ミサイルが発射される。ＡＳＭ－３Ａは、それらのミサイルと交差して突っ込んで行く。

　敵艦が大きく針路を変え、主砲をこちらに向けて弾幕を張り始めた。さらにミサイルが発射される。だが、Ｆ－２編隊は、隠し玉をもっていた。開発中のＡＳＭ－３改が二発だけ、そのミサイルに混じっていた。

　マッハ三で飛んで行くミサイルの側を、マッハ五で突っ込んで行くミサイルがそれだった。僅か三〇秒足らずで五〇キロを飛んだ。近接防空火器が対応する暇も無かった。

　ミサイル二発が、一発は船体真横に突っ込み艦内で爆発した。もう一発は、艦橋構造物にやや上方から真下へと突っ込み、機関室で爆発した。内部で爆発が起こったことで、圧力鍋のようになり、艦橋構造物は空へ高々と吹き飛んだ。ＶＬＳ発射基に残っていた残りのミサイルが誘爆し、一万トンを超える軍艦は、粉みじんとなった。こちらは、ただの一人の生存者もいなかった。海面に漂うものは、四散した四肢のみだった。

　それも、荒波に揉まれてあっという間に波間に沈んで行った。

ＫＪ－600（空警－600）を指揮する浩菲《ハオフェイ》中佐は、この無慈悲な殺戮を空から眺めていた。徐々に後退しつつ、高度も上げていた。

二隻のフリゲイトが撃沈した時点で、てっきり後退命令が出るものだと思っていた。だが、今夜の東海艦隊は違った。

明らかに状況は不利だったが、まだ踏みとどまり、南下を続けていた。

味方機をすでに大勢失っている。恐らく戦闘機の二個飛行隊はすでに喪失した。Ｙ－９Ｘの不時着は確認したが、生存者がいるかどうかは全くわからない。

辺りを飛んでいた哨戒ヘリは、ミサイル攻撃を食らって一目散に逃げ帰ったのだ。だが、艦隊自体はまだ南下している。信じられない傲慢と無謀だと思った。

後日、誰かが軍法会議に掛けられることだろう。二隻の喪失で済んだものが、すでに中華神盾艦二隻も失った。いずれも中国海軍が満を持して送り出した新鋭艦だったのだ。それが、たったの十数発の飽和攻撃に耐えられなかった。

艦隊の背後から襲いかかった日本の攻撃は、絶妙だった。旧式戦闘機に旧式ミサイルを使って、あんな攻撃ができるなんて思いもしなかった。悔しいが、鮮やかという他はなかった。

なのに、この現実を目の当たりにしてもまだ撤退させないとは、まともな判断ではないと思った。だが、解放軍はまだそこに踏みとどまっていた。

上海方面から、戦闘機の大編隊が南下していた。百機を超える戦闘機が、背後に爆撃機を従えている。

第二戦が始まろうとしていた。

航空自衛隊・警戒航空団・飛行警戒管制群副司

令の戸河啓子《とがわけいこ》二佐が乗るＥ－７６７空中早期警戒管制指揮機《ＡＷＡＣＳ》は、沖永良部島西方二四〇キロの上空高度四〇〇〇〇フィートを旋回していた。護衛は、Ｆ－２Ａ戦闘機四機。

　そこは、大陸棚がちょうど切れる場所だった。中国の沿岸部まではまだ四〇〇キロはある。

　ここなら、絶対に安全だと思っていた。だが、上海から現れた新手がレーダーに映った時にはぞっとした。ほんの三〇〇キロ西の洋上を飛んでいる。

　真っ直ぐ魚釣島へと向かっていた。

「ねえ、味方のイージス艦、対空ミサイルを使ったかしら？」

　と戸河は、第六〇二飛行隊副隊長の内村泰治《うちむらたいじ》三佐に尋ねた。内村はイーグル・ドライバー上がり。戸河はＥ－２Ｃ乗りだ。あの操縦が難しい、空自きってのじゃじゃ馬を乗りこなしたという自負があった。

「ええと、どうだったかな。空の戦いに忙しくて……。いやでも、撃ってない。撃ったのは対艦ミサイルだけですね」

「後ろにいるのは、攻撃機や爆撃機ね……。この状況で、百機を超える戦闘機に対抗できるかしら。中華神盾艦はまだ南下を続けているし」

「Ｅ－２Ｄを一機、北へ出しましょう。そのＣＥＣで、背後のイージス艦のミサイルを撃てる。より遠くで迎撃するしかない」

「そうしましょう」

　中華神盾艦を攻撃して引き返して来るＦ－２部隊が、ＡＷＡＣＳを守っていた四機編隊と交替する。今は、少しでもミサイルを余計に積んだ機体を前に出すしか無かった。

「この後ろの爆撃機だけど、こっちから攻撃できないの」

「今出たF－2にしても、もう燃料がないですよ。新田原どころか、鹿屋までも辿り着けない」

「それは良いわ。沖永良部空港まで持てば良い。何なら、最後の一〇〇キロくらいグライダーで降りさせるわ。あとこの、うちのすぐ北を飛んでいる四機のP－1はどうして下がらないのよ？」

「下がるよう警告はしています」

「邪魔よ、これ！　警告って、うちが指揮権を持っているんじゃないの？」

「いえ。この防衛作戦にP－1は参加してません。あくまでも通常のパトロール編成で、たぶん空自機がヘマした時に、特攻する編隊でしょう」

「いざとなっても、もう守れないことを向こうは知っているのよね？」

「リンク16くらい積んでいるはずですから、うちの情報を共有しているはずです」

「この状況下で面倒なんて見られないわよ。とにかく、F－2を出しましょう。向こうが気付けば、攻撃を断念するかも知れない」

だが、P－1哨戒機の四機編隊は、空自の警告には従わず、ぐんぐんと西へと飛び続けていた。高度が低いので、敵の戦闘機に察知されることはないだろうが、いずれは、むこうの早期警戒機に発見されることになる。

まさかこの上、艦隊を攻撃するとも思えない。海自は何か、こちらには極秘の作戦を進行中なのだろうかと戸河は訝しがった。

イージス艦〝まや〟では、國島海将補が腕組みして状況を観察していた。

「違うね……。今夜の敵は、昨日とはまるで違う。とことんやる気だぞ」

「これ、たぶん台湾攻略用に取って置いた戦力の相当数を使ってますよ」

首席幕僚は、その数を数え始めて二〇で止めた。総戦闘機の四機編隊が、空を埋め尽くしている。総数百機と計算しても、その編隊は二五はあるということだ。

「今回は、味方の中華神盾艦の真上から、長射程で空対艦ミサイルを撃って来る腹だろう。味方の戦闘機が何処まで出てくれるか……」

「イーグル部隊は、もうミサイルも撃ち尽くした。那覇に戻って補給してここに帰るには、最短でも三時間は懸かる。敵も学びましたね」

こちらに残る戦闘機は、ほんの一個飛行隊。二十数機だった。米空軍が上がって来る気配もない。

敵の編隊は、やや大陸寄りへとコースを取った。こちらの戦闘機とかち合いたくないのだろう。そこから、東寄りへと針路を変えたことで、〝はぐろ〟ではなく、〝まや〟が正面に来る形になった。

まず、魚釣島北東海域にいた僚艦〝はぐろ〟が、長射程のスタンダードSM6を発射し始めた。対空、ミサイル防衛、対艦攻撃まで出来る優れものだった。

「うわ、いきなりあんな高いミサイルを使うのか」

だが、ミサイルが狙ったのは、戦闘機ではなく、その背後にいたH－6K（戦神）爆撃機だった。対艦ミサイルを四発下げて飛んでいた。

戦闘機がばらけて向かって来る。

「どうします？　ＥＳＳＭの射程まで我慢しますか？」

「そんな余裕はない。うちも撃ちまくろう。弾が切れたら、後方のイージス艦に撃ってもらうし、主砲でも何でも撃ちまくるぞ」

台湾空軍の戦闘機が再び出てくる。前回より数は減っていたが、相変わらず士気旺盛だった。

敵の後方部隊がいったん北への針路を取り、艦隊北方からの攻撃コースを取った。爆撃機のみの行動だ。こちらの戦闘機を誘き出すのが狙いだろう。味方にはもうその余裕は無かった。

戦闘機部隊からも、空対艦ミサイルが発射され始めた。〝まや〟は、短射程のＥＳＳＭミサイルで応戦を開始した。そのミサイルは、使い勝手は良いが、四〇発しか搭載されていなかった。

後方の、魚釣島の島陰に潜んでいた二隻のイージス艦〝あたご〟〝あしがら〟からスタンダードＳＭ２が発射される。それを〝まや〟が受け取って誘導を開始した。二隻のあたご型イージス艦は、最大速度で島陰を脱して仲間の援護へと向かって来た。

だが、〝まや〟は少々突出し過ぎていた。〝はぐろ〟もミサイルを撃ち尽くし、僚艦のミサイルを誘導し始める。

Ｐ－１哨戒機に乗る第一航空群第一航空隊司令の伊勢崎《いせざき》将《たもつ》一佐は、四機編隊を率いて、海面すれすれを飛行していた。世界中で、この飛行機より低く海面上を飛べる飛行機はいない。あとはうちの飛行艇くらいだろうと思った。

彼らは、時化た海のシークラッターに紛れて飛んだ。コクピットのフロントガラスは、常に潮を被った状態だ。だが、様々なセンサー情報を組み合わせて自機の位置高度を決定する自動航法システムのお陰で、パイロットは一切、操縦にタッチせずに済む。

ＥＯセンサーが、激しい風を受けて最初、画面がぶれていたが、自動補正が効いて安定してくる。上空遥かに、爆撃機のケツが見えている。敵艦は、いないと言えば嘘になるが、向こうからこちらが見えているかどうかはわからなかった。

とりあえず、水平線上にフリゲイトが一隻、いることはいる。見えているなら、搭載している艦対空ミサイルの射程圏内だ。だが撃ってくる気配は無かった。撃って来たら、対艦ミサイルをお見舞いして逃げるまでだが。

爆撃機の編隊は、右手上方から接近して来るが、まるで止まっているように見える。彼我の相対関係はほとんど変わらない。こちらも同じ目標地点を目指して飛んでいるからだった。

リンク16で拾った情報では、高度を上げると、中華神盾艦のレーダーに引っかかるはずだ。対策は考えていた。

伊勢崎は、相対距離を暗算し、そろそろだな……と独りごちた。

「機長、翼端灯をパッシングしてくれ。無線封止解除。ただAESAレーダーはまだだ。フルパワーで上昇するぞ!」

隊長機の翼端灯が点滅すると、無線封止が解除された。

「全機に告ぐ!――。よく耐えた。これより敵爆撃機を攻撃する。右翼の中華神盾艦への対応は、事前命令の通りだ。できる。やってみるぞ」

ESMが、中華神盾艦のレーダー波を探知する。ここから六〇キロ西方だった。それはすぐ、照準用レーダーに変わった。

「よし全機、目つぶしだ! ナウ!――」

四機のP-1哨戒機が、その中華イージス艦のレーダーに向けて、AESAレーダーの集束ビームを浴びせた。イージス艦ほどのパワーはないが、四機分のエネルギーは、それなりの出力になった。

中華神盾艦が黙り込む。捜索用のレーダーも沈黙した。P-1哨戒機は、どんどん高度を上げていく。

「攻撃担当は、マーベリックの映像を見せてくれ」

翼下パイロンに合計六発装備した、マーベリックF型空対地ミサイルのカメラが捕捉した映像がモニターに出る。まだ全くの点だが、爆撃機の編隊が映っていた。幸い、横腹だ。面積が大きく、見間違う心配もない。

マーベリックF型は、こういう使い方も出来る。CCDカメラに映る目標なら、航空機だろうが艦船だろうが狙えるのだ。戦闘機のような激しい機動で逃げ回る相手には不向きだが、大型爆撃機に対してなら使えるはずだった。

やや後方に位置できるよう、敵艦隊側へと編隊を誘導する。そして、P－1哨戒機の編隊は、高度一〇〇〇フィートで、二〇キロ前方の爆撃機編隊へ向けてマーベリックF型ミサイルを次々と発射した。

合計二四発のミサイルは、ぐんぐんと空へ上がって行く。こちらの存在に気付いた敵戦闘機が降りて来るが、伊勢崎は、結果も見届けずに、くるりと反転して、また編隊の高度を下げさせた。

再びシークラッターに逃げ込む。マーベリックF型は、発射母機に向けて、映像を送信し続ける機能がある。

伊勢崎は、その映像を戦術航空士席で見詰め続けた。ようやく飛行機らしい形が見えてきたと思った次の瞬間、ミサイルは機体に命中して爆発した。本来は、地上目標や艦船を攻撃するためのミサイルだ。その弾頭重量は、航空機を攻撃するには大げさ過ぎ、爆発した瞬間、爆撃機はバラバラに空中分解した。

次々と、ミサイルが爆発する。レーダー発信もないミサイル攻撃に、爆撃機側は、何が起こったのかわからないまま墜落していく。その攻撃で、一二機の編隊の内、八機が撃墜された。

「あとは、ＡＷＡＣＳさん、よろしく頼むよ……」

この戦争で、最初に犠牲になったのは、彼の部下であり、Ｐ－１哨戒機だった。中華神盾艦の一隻や二隻も自分の手で沈めてやりたいと思っていたが叶わなかった。それは許可されないということだったのに、結局、空自は自分たちで、中華神盾艦を撃沈していた。こんなのは不公平だと思った。飛行機を何十機撃墜したところで、復讐は果たされない。気分はちっとも晴れなかった。

イージス艦〝まや〟の艦橋構造物やブリッジの外壁は、度重なる発砲とミサイル発射を受けて、所々赤く焼け、壁は熱を持っていた。水しぶきが蒸発して、まるで燃えているようだった。

デッキ上は、薬莢が転がり、コロコロ、カラカラと音を立てていた。だが、ひとまずは耐えたという自信があった。背後から駆けつけてくれた〝あたご〟と交替して下がる。昨日と同じ、また那覇軍港へ引き揚げての補給だ。まだミサイルが残っていれば良いがと國島は思った。

梅原二佐は、青い顔だった。

「どうした？　大丈夫か？」

「自信がありませんね。昨日も今日も生きた心地がしない。このつきはいつかは終わるんだろうなと思うと……」

「ああ。そうだね。いつかは運も尽きるだろう。明日や明後日でないことを祈るよ。乗組員のためにも」

國島は、艦長の労苦を称え、その場にいた乗組員に「よくやってくれた！」と拍手した。

空警機に乗る浩菲中佐は、作戦中止命令が出ると、へなへなとシートに崩れ落ちた。

自分は全てを見ていた。この椅子に座り、緻密に練られたはずの作戦が、鉄壁の守りによって瓦解し、ただ犠牲を払うだけの状況をつぶさに観察していた。

だが、その作戦中止命令は遅すぎた。膨大な犠牲を払った後の命令で、それは東海艦隊で下された決定では無く、八一大楼、則ち人民解放軍の最上級司令部から出された命令だった。フリゲイトの二隻程度の犠牲ならというつもりだったが、新鋭の中華神盾艦を二隻も失った。

これは、日本がその気になれば、いつでも、東海艦隊を全滅できるというメッセージ、脅しだった。この状況下では、釣魚島の陸兵を助けるどころでは無い。

台湾攻略作戦そのものを揺るがしかねない大失態であり、犠牲だった。

ラフトの中では、二人の男女が、寒さと吐き気と戦っていた。まるでスイッチが壊れた洗濯機に放り込まれたような感じだ。

一瞬とて、その揺れが止まる気配は無かった。冷たい海水でラフトの底が冷やされ、しかも濡れた飛行服が乾くことも無い。

S機関の天才博士張高遠《ツァンガオユエン》は、屋根のファスナーを開けて三度吐いた。三度目は、もう胃液しか出なかった。

鍾桂蘭《チォンクイラン》少佐は、体力を温存するために、ただ黙って過ごすことにしたが、彼女も一度吐く羽目になった。

上空のエンジン音は、三〇分近くも続いたが、やがてふいに静かになった。あとは波の音と、海面を横切る風の音が聞こえるだけだ。

勝敗は、まあ明らかだろうと思った。もし自軍が勝っていれば、今頃救難ヘリが飛んで来ている。それがないということは、またしても解放軍が負けたのだ。

　鍾桂蘭は、いろいろと思う所があった。責任を感じていた。戦死しただろう仲間のことを思うと、何度も涙が出て来た。明らかに自分の責任だった。

　この戦いが一段落するまで待っても良かったのだ。潜水艦は飛んでは逃げられない。また戻って来て捜索することは可能だった。だが自分は、そのまま攻撃を続行し、撃沈することに執着した。

　せめて二度目の攻撃を諦めて引き揚げていれば、パイロットは死なずに済んだ。機長には、可愛い男の子がいた。自分は、あの子から生涯恨まれることだろう。いつかは、自分がしでかした無茶な作戦が暴かれることになるだろう。

　張青年は、両手両足で床に踏ん張っていた。床と言っても、まるで遊園地にある子供用の遊具だ。ちょっと体重が掛かると、床は大きく沈み込む。ここに平地は無かった。歪んだ三次元空間だ。

　気が滅入るので、ケミカル・ライトを一本折って頭上から吊していた。オレンジ色の弱々しい光を発していた。

「さっきから、泣いてばかりですね？」

「そう。ごめんなさい。いろいろ後悔することが多くて。私の責任で、こんなことになってしまったのよ」

「でも、それが仕事ですよね。ＭＡＤって何ですか？　たしか、哨戒機は、磁気探査のＭＡＤブームを機体の尾部に持ってますよね。そのことですか？」

「そう。磁気探査には、可能な限り、低く降りる必要がある。海面すれすれまでね。それで海中の磁気を探知して潜水艦の位置を特定する。その飛び方は危険極まりなく、西側の部隊では、ＭＡＤ飛行と呼ばれている。意味はわかるわよね？」

「つまり、それほど危険なんですね？」

「ええ。でも、日米のように百機単位の哨戒機を運用している国でも、そのMAD飛行で海面に突っ込んだというのは聴いた記憶はないわね。貴方のパソコン、海の底に沈んじゃったわね……」

「良いんですよ。あれ、仕事以外のファイルは何も入っていないから。研究所では、ふざけた悪戯が流行っていて、他人のPCを勝手に起動して――、もちろん暗証番号でロックがかかっているんですけどね。そんなの外すのは一瞬だから。で、中のファイルに全部鍵を掛けて、パソコンを起動した瞬間に『鍵が欲しければ、どこそこのカフェラテを一杯買って温かい内に戻って来い！』とかのメッセージが現れるんですよ。ランサムウェアみたいな悪戯です。仕事の邪魔になるから止めろと言ってもなくならない。だからみんな、パソコンに大事な情報を入れるのは止めたんです。スマホは飛行場に置いたままだから、まあたいした損害はありませんよ。プログラムは、全部、僕の頭に入っているから。われわれ、助かります？」

「潮流に乗って、このラフトは、日本列島へと流されます。九州沖の何処か、あるいは対馬海峡で発見されるでしょう」

「あれは積んでないんですか？　国際海事なんとかの取り決めの無線機とか」

「非常位置指示無線標識《イーパーブ》ね。積んで無い。なぜかといえば、何処か外国の近くで遭難したとき、兵士がうっかり電源を入れて、米海軍にでも救出されては困るでしょう。それと、今の内に言っておきますが、最悪の場合、このままするりと太平洋に抜けて、ハワイ沖へと漂流する可能性もあります。その可能性がたぶん四割くらいね。何しろ、普段なら混雑している航路だけど、今はコンテナ船一隻走っていないから、われわれが見つかるとしたら、日米の軍艦に偶然発見してもらうしか無い。三日分の食料はあるわよ。真水は作れるし、二人だから、十日くらいは耐えられる……」

　オレンジ色のバッグがあった。北京語で〝別放弃！〟「諦めるな！」と書いてある。

「食欲はないな。船酔いって収まるんですか？」

「少しは慣れるわよ。三半規管が麻痺するというか、少し慣れてくるとだいぶ楽になるわ。水分は取った方が良いけれど」

「LEDライトでも点して点滅させたら、日本に見つけてもらえるんじゃないですか？」

「そんな必要は無いわよ。彼らは、優秀な暗視カメラを装備した哨戒機を持っている。見つける気があれば、いずれ飛んで来てくれるわ。でも、しばらく戦場が落ち着くまでは無理ね。その間に、何十キロも流される。希望を捨てる必要は無いけれど、期待しない方が良いわ」

　生還しても、先輩に合わせる顔が無い。このまま退役して田舎に引っ込もうかしらと思った。市場で、親戚の農家が作る果物でも売って過ごそうかと鍾桂蘭は思っていた。

　結婚もしそびれ、子供を産み育てることもなく、孤独に老いていくのだ。それが、無能な軍人に相応しい末路だろうと思った。

第八章　ネイビー・シールズ

豪華客船を外から照らしていたフラッドライトは、乗客の安眠を妨げるという理由で、深夜過ぎに消された。今は、遠くの街灯の灯りが、微かに船体に反射しているだけだった。

国民のほとんどが知らない事実だが、ここは米軍の専用埠頭に近く、しょっちゅう軍用ヘリが離着陸している。高度が低すぎると、たまに新聞で叩かれることがあった。

原田一尉は、深夜の見回りの途中、診療所の一層上のデッキへと向かった。そこには、上海沖で客船を襲撃して失敗するも、船内への潜入には成功した人民解放軍四一四突撃隊の残存兵八名が指揮所を設けていた。勝手に動かないことを条件に、そこに居続けることが許可されていたが、現実問題として降ろすわけにもいかなかった。感染している危険があるのだ。

原田は、銃撃戦の重傷者の手当にも当たったが、彼も降ろすことは出来なかった。幸い、状態は落ち着いて回復へと向かっていたが。

タイベックス防護服で現れた原田は、右手に非接触型の赤外線体温計を持っていた。額にピッと向ける奴だ。

当然のことながら、兵士達は全員装備を身につけ、完全武装で待機していた。ただの兵隊と違う所は、全員がマスクをしていることだ。それも、医療用の白いN95マスクだった。そこだけ目立った。自前の迷彩マスクはとっくに使い終わったらしかった。

生き残った部隊を纏める莫裕堅《モォユウキン》少佐は、原田よりまともな英語を喋る。

「少佐、何度も説明しましたが、手柄はそちらのものになります。この部屋を出ないで欲しいのです」

「せめて、指揮所を立ち上げたら、同席させて下さい」

「作戦は、自衛隊ではなく、海上保安庁の特殊警備隊《SST》が実行します。これを言っても信じてもらえないのですが、日本では、自衛隊より、海上保安庁の方が偉いんです。われわれにどうこうさせてくれという権利はありません。ブリッジに案内して、銃撃戦の後で、記念写真を撮ってもらう程度のことは提案してみます」

「皆さんはどうなさるのですか？」

「入院患者の安全を確保した上で、外傷治療の用意をして、負傷者の発生に備えます。テロリストも疲れている。成功するでしょう。たぶん米軍のバックアップもあるでしょうし。皆さん、発熱とかどうですか？」

「全員、異常はありません。部屋に籠もって、体力錬成しているだけですから」

「そうですか。作戦の成否にかかわらず、大量の食料品を積み込んだので、明日から、食事はまともになるでしょう」

「それで、下船はいつ頃になりますか？」

「仮に、作戦が成功して、われわれが船のコントロールを回復したとしても、最低二週間はここで隔離ですね。前回、ＣＯＶＩＤ－19での経験を考えると、その二週間の間にも感染者が続出するでしょうから、今回は、どこか無人島でも使って、もう少しまともな隔離が出来るようになるかも知れませんが、あまり期待はできない。こういう方法なら、船内感染を防げるというアイディアはありませんから。でも、率直な所、今の中国に帰国するよりは、安全かも知れませんよ。全土で感染が拡大している様子ですから」

原田は、あくびを嚙み殺して、「今何時ですか？」と尋ねた。

「もうすぐ三時ですね。そろそろでしょう」

「ええ。三時半には、われわれ全員、部屋から出ないよう命令が出ています。じゃあこれは使ったけれど、全員平熱だったということで……」

と原田は体温計の電源を落とした。

「祈っています。作戦の成功を」

「少佐、再度念押ししますが、突入部隊には、解放軍兵士は部屋に籠もっていると説明してありま

す。たぶん船内の電気は落とされる。戦闘服姿で彷徨《うろつ》かれると、間違い無く発砲されます。なので、ここに留まって下さい」

「ご迷惑はお掛けしませんから」

「どの道、われわれはこの後、最低二週間は、ここで暮らすことになるんです。罰として鍵を掛けられたくは無いでしょう。従って下さい」

原田は、言うべきことは言ったという顔でその場を辞した。自分も、行動を起こせという命令を受けたら、そうするだろう。軍人はそういうものだ。

こちらもさしてすることはない。負傷者の発生に備えて、医官二人も待機している。

きっと死体の山になるだろうし、恐らくSSTには、捕虜は不要、全員射殺せよという命令が出ているはずだ。自分が、その作戦を実行する立場で無くて良かったと思った。

暗闇の中で、客船のルーフには、二人の兵士が立っていた。その上では、ケーブルで繋がれた無人機も飛び回っている。

だが、不思議なことが起こった。ルーフを歩いていた二人の兵士が、突然、その場に蹲《うずくま》ったのだった。ほとんど同時だった。

そして、船尾上空を舞っていたドローンのモーターが突然止まって墜落して来た。銃では無い。それを見ていた日本側公安関係者は、ある種のマイクロ波兵器だろうと思った。

二人の兵士は、その場で動かなくなった。死んだのか気絶しただけなのかはわからない。すると、黒装束の集団が、スクウェア・パラシュートで次々とルーフに降りてきた。音も無く降り立った。

その数は、最初はほんの四名に見えたが、その四名がパラシュートをリリースして配置に就くと、続いて次々と人数が増えてくる。

ルーフを走り、最上階の貴賓室がある場所から、ロープを垂らしてラペリング降下が始まった。プラスチック爆薬で窓が割られ、兵士が貴賓室へ、ブリッジへと雪崩れ込んでいく。その瞬間、船内の電気が一斉に落ちた。

外のタラップは、兵士二人が護岸で守っていたが、狙撃で倒された。だが、その狙撃手がどこに潜んでいるかはわからなかった。こちらも、発砲音は聞こえなかった。

原田は知るよしも無かったが、その時、別働隊はすでに船内への潜入を終えて待機しており、テロ・グループがブリッジ以外に一箇所だけ制圧している機関室へと向かっていた。

ブリッジでは、フラッシュバンが何度も爆発するのがわかった。パンパン！　という乾いた音と、閃光が瞬く。そして銃撃戦が始まった。だが、その銃撃戦は短かった。せいぜい三分も続かなかっただろう。

作戦が成功したのか失敗したのか、陸上側に報せはなかった。だが、その代わりに、ヘリコプターデッキに大型ヘリが降りて来る。機体は真っ黒に塗られ、いかなるマーキングもなかった。国籍はもとより、機体ナンバーも入っていない。日本側の誰も知るよしもなかったが、それは米陸軍、第一六〇特殊作戦航空連隊のＣＨ－53Ｋ〝キングスタリオン〟大型ヘリだった。

着陸すると、タイベックス防護服に身を包んだ集団が一斉に降りて来る。全員が何かの大型ザックを背負っていた。ハッチから船内へと消えて行く。大型ヘリは、いったん空へと上がると、二機目が着陸してくる。

陸上からも、黒いバスに乗った集団が現れ、護岸に倒れた兵士を黒いボディバッグに収容していったん船内へと消えた。

彼らが、何をやっているのか、直に明らかになった。死体を収容しているのだ、銃撃戦で死んだテロリストの死体を死体袋に梱包してまた客船のルーフへと現れた。

降りて来たヘリに、その死体袋を運んでいく。

警視庁のＳＡＴチームが、タラップに近づいて乗り込もうとしたが、タラップ下を守っていた黒装束のコマンドは、「ノー！　ノー！」とサブ・マシンガンの銃口を向けてきた。

てっきり海保だと思っていたが、そうではない、米兵だった。アメリカ軍の特殊部隊による急襲だった。警視庁も神奈川県警も、そこで初めて、突入したのが海保ではなく米軍だと知った。

原田らは、ストレッチャーを二台抱えてブリッジへと向かったが、そこでも米兵に阻止された。原田は、その米兵がどこの部隊か、装備を見ただけでわかった。米海軍のネイビー・シールズだった。

背後から、莫裕堅少佐が現れる。原田らの前に出て、「生存者を遣《よこ》せ、さもなくば遺体を！」と銃口を上げた。

SEALsのコマンドたちは、応戦するぞという態度で、サブ・マシンガンのトリガーガードに当てた指を引き金へと持って行った。

彼らが持っていたのは、サブ・マシンガンではなく、M－4をショートバレル化した、MK－18CQBRだった。サプレッサー部分に、目印の黄色い反射テープが巻かれていた。

原田が前に出て、少佐の前に立ち塞がった。

「少佐、相手の正体、わかってますよね？　海保じゃない！　SEALsです。戦ってみたい気持ちはわかりますが、ここで死体を増やす必要は無い。あとは、外交官に任せましょう。

貴方がここで、銃を米兵に向けたことは、しっかりと本国にも伝わるでしょう。部隊の面子は立ったのです！」

少佐は、ゆっくりと引き金から指を離し、銃口を下げた。だが、しばらくそこを動こうとはしなかった。

原田は、とりあえず生存者はいないし、乗組員にけが人もいないことだけを確認した。コマンドは、全員、特殊部隊用のマスクを装着していた。マスクというより、呼吸装置と言った方が良い。コロナ以降、開発と装備化が進んだ装置だった。フェイスガードと一体化している。

原田は、自分らはしばらくここに残って待機する、とコマンドに告げた。何か強い刺激臭が漂って来る。塩素系の臭いだった。

その間も、大型ヘリが着陸しては死体を収容して飛び去っていく。その作業が永遠に続きそうだ

Heaven on Earth

った。

　コマンド四名の案内で、乗組員デッキへと降りたバースィル・アル・マクトゥームもまた、コマンドと同じ黒装束だった。兵士なのか、ＣＩＡや外交官なのか見分けは付かなかった。

　下層デッキの空き部屋をノックすると、アラブ系の男達が四人、固まって居た。二段ベッドで眠っていた様子だった。彼らを起こすと、速やかに着替えるよう命じた。着替えた三人をコマンドが先行して外に出した。

　最後に残った一人、ケバブ職人のハリムラット・アユップ博士の着替えを手伝ってやった。ウイグル人科学者で、このＭＥＲＳ変異ウイルスを開発した首謀者だった。

　マクトゥームは、自分のフェイス・マスクを外し、「博士、お迎えに参りました」とアラビア語で語りかけた。

「済まないが、ウイグル人のアラビア語は、相当にきつい方言でね」

　とアユップ博士は英語で応じた。マクトゥームは人払いして、残ったコマンドを部屋の外に出した。

「私はこんなことを望んでいないぞ」

「わかっています。貴方は有用な人材だ。アメリカ《US》陸軍感染症医学研究所《AMRIID》は、貴方を歓迎するとのことです」

「ナジーブ・ハリーファはどうした？　彼もこっそり生き延びたのか？」

「いえ、彼は、われわれに射殺される前、毒物を飲んで死にました。ま、信じる信じないの話はあるでしょうが」

「君は、マスクとかとって大丈夫なのかね」

「はい。自分は問題ありません」

アユップ博士は、軍靴を履きながら、途中で投げ出した。

「私はこんなもの着たこともない。いったいこの後、どうやって生きろというのだ？」

「貴方の仲間は、名前を変え、アメリカ国内で、証人保護プログラムで暮らします」

「そんなことを言いながら、どうせ太平洋のど真ん中で飛行機から落とすんだろう？」

「残念ですが、私もそこまで責任は負えないのです。でも博士は、アメリカ国内で整形手術を受けて頂き、新しい名前と経歴を与えられ、USAMRIIDで、それなりのポストに就き、研究を続けて頂くことになります」

「私の祖国はどうなる？」

「共産主義も永遠ではない。いつかは、全体主義が敗北する日が来ることでしょう。それは明日ではないかもしれないが、五〇年後くらいには、倒れるでしょう」

「そんな長くは待てないから、決起したのにな」

「でも、中国は、貴方が望んだとおりの犠牲を払いますよ。国民の一割は確実に死にます。国中が死体で溢れかえる。収容しきれない遺体が、天安門広場で焼かれることになる」

マクトゥームは、コマンドを入れて博士の着替えを手伝わせた。多少腹が出ていることを除けば、全身を黒い戦闘服に包めば、見分けは付かない。さらに目出し帽を被らせた。

ヘリが、船内にいたテロリスト全員の死体を収容して飛び去って行った。横須賀経由で、太平洋へと飛んでいったが、日本政府は、その行き先には関知しなかった。

しかし、その後もしばらくブリッジには立ち入れなかった。機関室でも、塩素の臭いはますますきつくなる。

最後まで残ったコマンドが、タラップから引き揚げた時には、もう周囲は明るくなっていた。

ブリッジに入ると、原田はびっくりした。そこに戦闘の痕跡はなかった。ブリッジ要員の何人かは、パンツ一丁にされている。テロリストの血しぶきを浴びた服を奪われたということだった。

血の一滴、血糊一つ、薬莢一個残っていない。ブリッジは、呆れるほど見事に塩素消毒されていた。その階上の特別貴賓室も同様だった。ナジーブ・ハリーファの遺体はないし、銃撃戦の痕も無い。

ここで銃撃戦が繰り広げられたなどと俄には信じられなかった。警察の鑑識が上がってきたら苦労することだろう。

莫裕堅少佐も、ブリッジの静けさに呆然としていた。

「これはいったい……」と絶句した。

「テロリストの遺体は、一人残らず回収され、ヘリで運び去ったようですね。どういう経緯があったのかは知りませんが」

「血しぶきまで拭き取ったのはなぜですか？」

「少佐、自分も尋ねたいのですが、少佐はどうして、死体の回収を命じられたのですか？　まさか、死体を北京に持ち帰って鞭打ちするためではないでしょう」

莫は、しばらくその質問に答えなかった。部下に、徹底的に血糊を探すよう命じた。そして、隠しても仕方無いという顔で口を開いた。

「変だと思いませんか？　テロ・グループは、事前にBCG東京株の接種を受けているから重症化はしないという話だった。事実として、そういうテロリストはいなかった。でももし、打ったのが、BCGではなく、MERSのワクチンだったとしたら？　中国政府は、ずっとその可能性を疑っていた。だから、もしテロリストを一掃したら、それが死体だろうと、血液を持ち帰れと自分に命じて来たのです。アメリカは、テロリストの血液を誰にも渡したく無かった。それが示す事実は一つですよね？」

「ワクチンが存在すると思いますか？」

「ここで起こった事実と向き合うしかない。COVID－19のワクチンは、たった一年で出来た。MERSウイルスが出現してからもう一〇年にもなる。しかし感染拡大はしなかった。だからどの国もワクチン開発には熱心でなく、ワクチンは存在しない。もし、それを秘密裏に開発していた国があったとしたら？」

「アメリカの意図がわからない。だとしたら、後は、中国政府とアメリカ政府の交渉次第ですよね？」

「とにかく、われわれはしばらく自由に行動させてもらいます。機関室周辺も血液を探さないと。どこかに拭き損じの一つや二つはあるでしょう」

「いや、しかしこれは、暗殺者の掃除請負人が片付けたような感じだ。完璧じゃないですか……」

「アメリカという国は、暗殺と後始末、その両方をやっている国ですからね。そういう技術も進化したのでしょう」

原田は、ウォーキートーキーを持ってウイングに出ると、陸上の支援部隊に状況報告を行った。

陸上からは、「客船は間もなく離岸し、沖合を遊弋《ゆうよく》し続ける。引き続き感染者の管理に当たれ」と命じられた。

COVID－19の場合は、ワクチンが先行して、治療薬はなかなか出来なかった。このMERSに効く特効薬をアメリカは持っているのだろうかと、ふと原田は思った。

これだけの感染者と死者を出し、なお中国の人民が何百万人も死のうとしているのに、アメリカが、開発したワクチンの存在を隠し続けるなどということがあるだろうか？　と思った。

張高遠《ツァンガオユエン》博士は、翻弄されるラフトの中で、疲労と寒さのせいで眠りに落ちた。

目覚めると、ラフトの外は微かに明るくなっているように感じた。そして、何か良い臭いがしていた。芳香剤のような臭いだ。

目を開けると、鍾桂蘭《チオンクイラン》海軍少佐と抱き合って、保温用の銀色シートにくるまっていることに気付いた。少佐も軽い寝息を立てていた。

張がびっくりした瞬間、少佐が目を覚ました。

「貴方、死んじゃうわよ。体温が下がったまま寝ちゃ。女性は、脂肪分が多いから低体温には強いけれど、男は真っ先に死ぬ。体脂肪がないと、熱を生産できないのよ」

シートを開いて離れると、少佐の飛行服ポケットから、防水メモ帳が滑り落ちた。

「遺書でも書いていたんですか？」

「いいえ。墜落したポイントから、どのくらい流されたかを計算していたの。この辺りの潮流、風を計算して」

「で、どのくらいですか？」

「聞かないで。絶望するわよ。ママチャリを漕いだ方がまだ速いような距離しか流されていない。もちろん私は、日本側に流されることを期待しているわけですが」

「そう言えば、飛行機の音も聞こえないですね？」

「ええ。この三時間、全く何も飛んで来ません。ここは、決して味方の制空権内ではないし、もし日本側が無傷なら、日本の捜索機がここまで飛んでくることもない。もう三日間くらいは、漂流するしかないわね。波に翻弄されないよう、シーアンカーを打っているので、さらに漂流速度は下がるわ」

「女性と二人きりで、こんなに長い時間を過ごしたことがないんですよ」

「それは、女とセックスして朝を迎えたことがないという意味かしら。変な幻想は持たない方が良いわよ。私たちはこれから、酷い脱水症状に見舞われることになる。いくら真水を作れると言っても、漂流生活では、体力を消耗するのに、栄養は取れないから、たちまち体調を崩して、脱水症状を起こす。つまり、ピーピー下痢するという意味よ。それも、実があるのは最初だけ。すぐ水下痢になる。いちいち、ケツを外に出している体力はないから、お互いここで、その折り畳みバケツにする羽目になる。床はすぐ糞だらけになるのよ。ウイグルの学習施設の独居房の方がまだましだと思えるような地獄を経験することになる」

「それは嫌だな……」

「黙って！――」

遠くで、何かが聞こえた。ヘリのローター音のような気がした。一瞬だったが、少佐はファスナーを開け、首を前後左右に大きく回した。間違い無い！　ヘリのローター音だ。

だが、低く垂れ込めた雲のせいで、ヘリそのものは見えない。敵味方、どちらのヘリかはわからなかった。

「レッドフレアを頂戴！　その箱に入っている赤い棒よ！」

タイミングが全てだ！……。

見えた！　中型のヘリだ。暗くて、機体の色までは見えないが、西側のヘリのように見えた。

少佐は、レッドフレアを点火して高く掲げた。

シューシュー！　と音を立てながら、レッドフレアが赤い煙を吐き出す。眼がしょぼしょぼするが、嬉し涙がそれを洗い落とす。

海上保安庁の捜索救難ヘリだった。太くて青いラインが入っている。

ヘリは、ラフトの上空を大きく旋回した。オレンジ色のフライトスーツを着た隊員が、キャビンを開けて大きく手を振ってくれた。

そして、ヘリはまた次の遭難者を捜して去って行った。

少佐は、ほっとしてラフトの中に引っ込むと、大急ぎで、メモを認《したた》めた。

「博士。貴方の飛行服には、階級章がない。だから、軍属のエンジニアということにします。電源関係のエンジニアということにしましょう。この会社名と代表番号を覚えて下さい。これは、異国でトラブルに遭遇した時の、避難用ワードです。この会社名は実在します。ただし、軍のカバーストーリー用の偽装カンパニーで、相手国政府から照会があると、政府は、確かにそこの社員だ。もし何か事故があって救援してくれたのであれば、心よりの感謝を申し上げますと言って身元を引き取ってくれる。でないと貴方、一般兵扱いされるか、身元を怪しまれて帰れなくなる」

「ＣＩＡが研究を続行させてくれるなら、それでも良いけれど」

「貴方の両親は一生刑務所暮らしよ。ウイグル人反逆者の親族みたいに。覚えたわね？」

少佐はその頁を破って海に捨てた。それから一時間後、水平線上に大型の巡視船が見えた。奇跡だと思った。こんな所で、救難捜索活動が展開されていたなんて。昨夜の犠牲は、それほど大きかったのだと思った。

日本食を食べて、半年くらい捕虜生活をさせてもらって京都見物でもして帰国させてもらえればと少佐はほっとした。帰国したら、もちろん辞表を書いて慰霊の旅だ……。

潜水艦〝おうりゅう〟は、大陸棚海域を脱出し、ようやく味方護衛艦隊と合流した。無線で昨夜の戦闘詳報を受け取った時には、衝撃を受けた。そんな大がかりな戦闘に発展したとは思ってもみなかった。

護衛艦の近くに浮上すると、ダイバーがボートに乗って近付いて来た。永守も、司令塔潜舵に立ってみたが、貼られた吸音タイルが何枚も無残に剝がれている。爆発の衝撃を物語っていた。

X字型潜舵に潜ったダイバーの報告では、見た目の損傷は見られないとのことだった。動画を撮ったので、横須賀で検証させるとのことだった。

その後は、バッテリーを充電しながらの浮上航行だった。

「このままドック入り、ようやくお役御免ですね」

艦長が司令塔ブリッジに登った後の発令所では、外界の様子がモニターに映し出されている。

「航海長、本当にそう思うか？　上で艦長とも話したがね、今は戦時だ。最悪、那覇軍港に立ち寄って、本土から駆けつけたメーカーのエンジニアにタイルを貼り直させ、潜舵は、油でも差しておけ、ということになりかねないぞ。せめて、魚雷の補充が出来る場所までは、戻らせて欲しいがね」

「本当にそんなことが起こると思いますか？」

「今日までの人使いの荒さを考えてもみろ。ご苦労様でしたなんて、殊勝な言葉が連中から出てくるとでも思うか？」

「はあ……、それもそうですね」

航海長は肩を落としたが、乗組員のほとんどは、そんなもんだろうと思っていた。少なくとも、このまま無事に何事も無くドック入りさせてもらえるなんて思ってもいなかった。


キロ級通常動力型潜水艦の一二番艦〝遠征75〟号（三九五〇トン）は、大陸棚を静かに東へと進んでいた。

味方の哨戒機部隊に誤射されたくないので、水上艦部隊が後退するまでずっと下がっていたのだ。作戦失敗を見届けてから、日本の哨戒機が飛んでいないことも確認した上で、南下を続けていた。

彼らは、中国政府も同意した、海上捜索活動の存在を一切報されていなかった。

彼らが受けた命令は、とにかく一隻でも良いから、日本の艦隊を攻撃せよ、一隻でも多く、そして、より大きな艦を狙って攻撃せよと。

艦長の鉄義和《ティエイーホー》中佐は、敵艦の推進機音を捉えた時、敵か味方かだけを気にした。浮上して、相手が誰かを確かめようとは一切考え無かった。この巨体で少しでも浮上したら、たちまち上空から覗かれることになる。

だから、水測兵に念押ししたのは、味方の艦か、それ以外か？　ということのみだった。スクリュー音から大型艦であることはわかっている。味方艦の可能性は絶対にないとのことだった。

その点は合理性があった。この辺りに味方艦が残っていたら、とっくに撃沈されていることだろう。

日本の護衛艦だとしたら、もちろんそうに決まっているが、ぐずぐずしている暇は無い。上空には、哨戒ヘリが舞っているということだ。さっさと一発食らわせて脱出すべきだ。

魚雷発射管に短魚雷を装塡し、諸元データの入力を待った。

鍾少佐は、近付いて来る大型巡視船を見詰めていた。速度を落とし、複合艇が降ろされる。まず、張博士が乗り移り、続いて少佐が乗り込んだ。

ラフトは、今後の誤認を回避するために、回収されるのが通常の作業だ。船の後部に接近して驚いた。

後部の飛行甲板で大きく手を振っている集団がいる。もう一隻のラフトで脱出したクルーだった。先に助かったのだ。

「とにかく、糞まみれにならずに助かりましたね。乾いたパンツとか貸してもらえると嬉しいけれど」

と張青年がほっとした顔で言った。まず、クルーンでラフトが引き揚げられ、続いて、複合艇ごと、引き揚げられる。デッキに降りると、鍾桂蘭少佐は、士官と思しき人物に敬礼し、英語で乗船許可を求めた。相手は、飛行服姿の女性に驚いていたが、「ようこそ！　巡視船〝うるま〟へ」と歓迎してくれた。

後部甲板へと走りより、全員と抱き合い、手を取って再会を喜び合った。

「パイロット・クルーは駄目だったけれど、みんなが無事で何よりです。少なくとも、私たちにとっての戦争は終わったわ」

その瞬間、腹の底から突き上げるような衝撃が起こった。足下の地面がまるでバネ仕掛けで跳ね上がったかのような感じだった。身体が宙に浮く。少佐は、目の前で、さっきまで自分が乗っていたラフトが宙に舞っているのを感じた。だが、宙に舞っているのは、全員だった。

全員が空中に放り出されていた。そして次の瞬間には、海面へと叩きつけられた。少佐の意識は、そこまでだった。

巡視船〝うるま〟（三一〇〇トン）は、真っ二つに折れて、ものの一分で海中に没した。

遠くで遭難者を捜索していた搭載ヘリが、巡視船の姿が突然見えなくなったことに気付くのは、しばらくしてからだった。

鍾少佐が目覚めると、元いたラフトの中だった。張青年が、心配そうに覗き込んでいる。起き上がろうとした途端、のど元から水が上がってきて激しく吐いて咳き込んだ。

「良かった！　少佐の身体、重いんだもん。何度も諦めかけましたよ……」

「何があったの？」

「ああ、たぶん、魚雷攻撃だと思いますね。ミサイルなら、われわれの身体もバラバラだから」

「他のみんなは？」

「あれはどういう仕組みなのか、沈没した後に、ラフトがぽつぽつ浮かんで来て膨らんだんです。それに何人か乗り込んだはずです。全員かどうかはわからない。ただあそこで助かったのは、後部甲板にいたわれわれだけだと思います。日本人が助かったかどうか……」

「何なのこれ……」

と少佐は頭を抱え込んだ。

「『ダンケルク』という映画を観ました？　クリストファー・ノーラン監督の。あれ、何が良いって、中国人は一人も出て来ないんですよ。最近のハリウッド映画って、チャイナ・マネーに気を遣って、必然性のない場面で中国人が出まくるじゃないですか？　しかも善人で。異様に顔を塗りたくったヒロインとか」

「話が見えない……。何を言いたいの？」

「つまり、あの映画で、兵隊がダンケルクから逃げだそうと必死に足掻くんだけど、もう大丈夫だと命からがら乗り込んだ軍艦が、でもやっぱり攻撃されて撃沈され、また海を彷徨う羽目になる。あれと同じですよね」

「何処かのバカが潜水艦で攻撃したのなら、当分、水上艦はここには近寄れないということよ。海上自衛隊だろうが、海上保安庁だろうが……」

「ですよねぇ。やっぱり糞まみれの漂流ですね」

捜索機は飛んできてくれるだろうが、ヘリか何かでの救出はあるだろうか。たぶん日本側は、中国政府が絶対の安全を保障しなければ、そんなことはしないだろうと思った。

少佐は、屋根のファスナーを開けて周囲を観察した。確かに、ラフトが何隻か浮かんでいる。だが、もうだいぶ離れている。叫んでも聞こえない距離だ。自分が意識があれば、ラフト同士を繋いだのだが……。

またしても東シナ海ひとりぽっちだ。いや二人か……。

「まあ、退屈はしないわよね？」

「また今夜、震えて寝るのは嫌ですけどね……」

「日没までまだ丸半日あるわ。希望を持ちましょう」

自分が哨戒機に乗っていれば、そのバカ野郎の潜水艦を自分の手で沈めてやるのに、と思った。帰国したら、必ず軍法会議に告発してやる！

エピローグ

　魚釣島西方に陣取った日本と台湾の陸上部隊は、その夜も、島の南側斜面に避難して過ごした。解放軍の爆撃に備えてのことだった。

　遠くでバタバタ墜ちる様子は見えたし、イージス艦が孤軍奮闘、戦っている姿も稜線から見えた。正直、近接防空火器《CIWS》まで持ち出された時は、土門はもう駄目だろうと思った。

　だが、ぎりぎりの所で、魚釣島に隠れていた二隻のイージス艦が参戦し、事なきを得た。

　具体的にどうやってクリアしたのかわからないが、昨夜も前夜も、薄氷を踏むような戦闘だったのだろう。状況は、空も陸も海も、似たり寄ったりだった。

　夜明けを迎えて指揮所に降りると、ニュースが入っていた。客船のテロリスト集団を船内に潜んでいた人民解放軍兵士が急襲して人質を解放した。

　人質は解放されたが、船内は汚染されており、乗員乗客が下船できる目処は立っていない。護岸に接舷させておくのも危険なので、客船は沖合へと向かう模様である。なお、ニュースでは、テロ集団の生死に関する発表はまだない、とのことだった。

　そして原田からの詳細な報告も暗号電で届いていた。土門は、それを、遅れて引き揚げて来た姜三佐に見せた。

「まあ、本当は米軍がやったというのはありですよね。でも、遺体を持ち去ったとか、ワクチンの話とかどうなんでしょう。出来すぎた陰謀論のようにも思えますが？」

「どうかな。ディテールを詰めたらさ、そういうこともあるという話になるんじゃないの？」

「でも、主犯格の遺体とかは持ち去るでしょうね。殉教者にしたくないでしょう。あんな金持ちテロリストを。きっと水葬ですよ。ビン・ラディンみたいに」

「もう一つ、ニュースがある。政府が重い腰を上げて、いよいよ水機団を派遣するらしい。制空権は、相変わらずこっちにある。向こうの戦闘機も削ったが、昨夜は、味方の戦闘機もバタバタ落とされた。制空権がある内に、敵を殲滅して実効支配を確立したいらしい」

「そんなの真に受けて良いんですか？　これまでだって、制空権はずっとこっちにあったんですよ？」

「私は、六割方信じているけどね。いくら戦略的忍耐と言ったところで、限界はあるだろう。日本の政治家にだって、堪忍袋の緒ってのはあると期待したいね。あと肝心なニュースだ。じいさんは生きてるらしいぞ。カクテル療法の効果があったとかで」

「それは良かったですね」

「本気か？」

「私は良く存じ上げない方ですから。どの道、当分下船できないんだし。とにかく、期待せずに、増援を待つとします」

　巡視船撃沈の暗いニュースはあったが、中国的には、それがたとえ事故だったとしても、一矢報いる格好になったことは事実だ。それで、この負け戦を隠蔽できるものではないが。

台湾では、早速、中華神盾艦を空軍の戦闘機が撃沈したと速報が流れていた。どう考えても、台湾本島攻略が近づいているはずなのに、台湾の世論は戦勝気分に浸っている様子だった。


豪華客船〝ヘブン・オン・アース〟号（一三〇〇〇〇トン）の入院病棟では、ボランティアの是枝飛雄馬が、窓際のベッドの隣に座って寝息を立てていた。

是枝は、誰かから肘を摑まれて眼が覚めた。管を咥えた浪川恵美子が、目を覚ましていた。

「お帰り！――。君は、まだ喋れない。喉に管が入っているからね。でも人工心肺装置はもう外れる。結局、エクモは要らなかったね。酸素飽和度も大きく改善している。体力が落ちているから、無理して動かない方が良い。君が知りたいこと。まず、シージャック事件は片付いた。船は解放されて、今、東京湾にいる。でももちろん、誰も下船は出来ない。君のお母さんにはたぶん、外務省から連絡が行っていると思う。入院中とまで報せているかどうかはわからない。君のスマホはここにあるよ。一度も電源は入れてない……」

恵美子は、仕草で、何か書くものを……、と欲しがった。是枝は、バイタルデータ記録用のボードを手に持って近づけ、ボールペンを差し出した。

恵美子は、ミミズが這ったような字で、「ありがとう。あなた、やつれている」と書いた。

「ああ、そうだね。いろいろあったから。君が起きられるようになったら話すよ」

更に、恵美子は、書いた。

「頭の奥、〝フィンランディア〟が鳴り響いているわ！」

「僕は、マーラーの6番だ……」

是枝は、声には出さず、「愛しているよ」と唇を動かした。恵美子が、わかっているわ……、と頷いた。涙が頬を伝っていた。

〈七巻へ続く〉

ご感想・ご意見は
下記中央公論新社住所、または
e-mail：cnovels@chuko.co.jpまで
お送りください。

C★NOVELS

東《ひがし》シナ海開戦《かいかいせん》6
——イージスの盾《たて》

2021年7月25日　初版発行

著　者　大石《おおいし》　英司《えいじ》

発行者　松田　陽三

発行所　中央公論新社
〒100-8152　東京都千代田区大手町1-7-1
電話　販売 03-5299-1730　編集 03-5299-1930
URL http://www.chuko.co.jp/

DTP　平面惑星

印　刷　三晃印刷（本文）
大熊整美堂（カバー・表紙）

製　本　小泉製本

Published by CHUOKORON-SHINSHA, INC.
Printed in Japan　ISBN978-4-12-501436-4 C0293

覇権交代 1
韓国参戦

大石英司

ホノルルの平和を回復し、香港での独立運動を画策したアメリカに、中国はまた違うカードを切った。それは、韓国の参戦だ。泥沼化する米中の対立に、日本はどう舵を切るのか？

ISBN978-4-12-501393-0 C0293　900円　カバーイラスト　安田忠幸

覇権交代 2
孤立する日米

大石英司

韓国の離反がアメリカの威信を傷つけ激怒させた。また韓国から襲来した玄武ミサイルで大きな犠牲が出た日本も、内外の対応を迫られる。両者は因縁の地・海南島で再度ぶつかることになり？

ISBN978-4-12-501394-7 C0293　900円　カバーイラスト　安田忠幸

覇権交代 3
ハイブリッド戦争

大石英司

米中の戦いは海南島に移動しながら続けられ、自衛隊は最悪の事態に追い込まれた。〈サイレント・コア〉姜三佐はシェル・ショックに陥り、この場の運命は若い指揮官・原田に委ねられる——。

ISBN978-4-12-501398-5 C0293　900円　カバーイラスト　安田忠幸

覇権交代 4
マラッカ海峡封鎖

大石英司

「キルゾーン」から無事離脱を果たしたサイレント・コアだが、海南島にはまた新たな強敵が現れる。因縁の林剛大佐率いる中国軍の精鋭たちだ。戦場には更なる混乱が⁉

ISBN978-4-12-501401-2 C0293　900円　カバーイラスト　安田忠幸

表示価格には税を含みません

覇権交代 5
李舜臣の亡霊

大石英司

海南島の加來空軍基地で奇襲攻撃を受けた米軍が壊滅状態に陥り、海口攻略はしばらくお預けに。一方、韓国では日本の掃海艇が攻撃されるなど、緊迫が続き——？

ISBN978-4-12-501403-6 C0293　980円　カバーイラスト　安田忠幸

覇権交代 6
民主の女神

大石英司

ついに陸将補に昇進し浮かれる土門の前にサプライズで現れたのは、なんとハワイで別れたはずの《潰し屋》デレク・キング陸軍中将。陵水基地へ戻る予定を変更し海口攻略を命じられるが……。

ISBN978-4-12-501406-7 C0293　980円　カバーイラスト　安田忠幸

覇権交代 7
ゲーム・チェンジャー

大石英司

“ゴースト”と名付けられた謎の戦闘機は、中国が開発した無人ステルス戦闘機“暗剣”だと判明した。未だにこの機体を墜とせない日米軍に、反撃手段はあるのか⁉

ISBN978-4-12-501407-4 C0293　980円　カバーイラスト　安田忠幸

覇権交代 8
香港ジレンマ

大石英司

これまでに無い兵器や情報を駆使する新時代の戦争は最終局面を迎えた。各国がそれぞれの思惑で動く中、中国軍の最後の反撃が水陸機動団長となった土門に迫る⁉　シリーズ完結。

ISBN978-4-12-501411-1 C0293　980円　カバーイラスト　安田忠幸

東シナ海開戦 3
パンデミック

大石英司

《サイレント・コア》水野一曹は、東沙島からの脱出作戦の途中、海上に取り残される。一方、その場を離れたそうりゅう型潜水艦“おうりゅう”は台湾の潜水艦を見守るが、前方には中国のフリゲイトが……。

ISBN978-4-12-501425-8 C0293　1000円　　カバーイラスト　安田忠幸

東シナ海開戦 4
尖閣の鳴動

大石英司

《サイレント・コア》土門陸将補のもとに、ある不穏な一報が入った。尖閣に味方部隊が上陸したというのだ。探りをいれると、島に上陸したのは意外な部隊だとわかり？

ISBN978-4-12-501429-6 C0293　1000円　　カバーイラスト　安田忠幸

東シナ海開戦 5
戦略的忍耐

大石英司

土門陸将補率いる〈サイレント・コア〉二個小隊と、雷炎大佐ら中国解放軍がついに魚釣島上陸を果たす。折しも中国は、ミサイルによる飽和攻撃を東シナ海上空で展開しようとしていた……。

ISBN978-4-12-501434-0 C0293　1000円　　カバーイラスト　安田忠幸

荒海の槍騎兵 6
運命の一撃

横山信義

機動部隊は開戦以来の連戦により、戦力の大半を失ってしまう。新司令長官小沢は、機動部隊を囮とし、米海軍空母部隊を戦場から引き離す作戦で賭に出る！　シリーズ完結。

ISBN978-4-12-501435-7 C0293　1000円　　カバーイラスト　高荷義之